FUSSBALL KERLE

Marlon die Nummer 10

Joachim Masannek, geboren 1960, studierte Germanistik und Philosophie sowie an der Hochschule für Film und Fernsehen. Er arbeitete bereits als Kameramann, Ausstatter und Drehbuchautor für Film-, TV- und Studioproduktionen. Daneben ist er Vater der beiden *Wilde Kerle*-Mitglieder Marlon und Leon und Regisseur der Filmabenteuer um die wilden Kicker. Mehr Informationen zu den *Wilden Fußballkerlen* unter www.diewildenkerle.de. Bei dtv junior sind von den *Wilden Fußballkerlen* die Bände 1–10 erschienen:
siehe unter www.dtvjunior.de.

Joachim Masannek

Die Wilden Fußballkerle

Band 10

Marlon die Nummer 10

Mit Illustrationen von Jan Birck

Deutscher Taschenbuch Verlag

Ungekürzte Ausgabe
In neuer Rechtschreibung
April 2006
Deutscher Taschenbuch Verlag GmbH & Co. KG, München
www.dtvjunior.de
© 2003 Baumhaus Buchverlag GmbH, Leipzig und
Frankfurt am Main

FUSSBALL

TM & © 2001 dreamotion media GmbH
Umschlagkonzept: Balk & Brumshagen
Umschlaggestaltung nach einer Idee von Jutta Hohl
Gesetzt aus der Plantin 12/15˙
Gesamtherstellung: Druckerei C. H. Beck, Nördlingen
Printed in Germany
ISBN-13: 978-3-423-70994-1
ISBN-10: 3-423-70994-4

Inhalt

Intuition und Zaubertrickkiste 7
Eine Katze mit neunzig Leben 17
Die Weltmeisterschaft vor der Weltmeisterschaft 88, 89, 90 22
Der freie Fall in die Hölle 47
Eiskalt 52
Pinguin-Fußball 58
Kein Weg zurück 64
Rocces Bitte 70
Lebendig begraben 80
Wilde Kerle in Gefahr 87
Der Anakonda-Sumo-Ringer-Pippi-Langstrumpf-Coup 96
Leon hat sich verzählt 117
Alles zu spät 128
Die schwarzen Panther kehren zurück .. 137
Alles auf eine Karte 146
Nintendo-Fußball 154
Zwei Clowns im *Teufelstopf* 167
Traumspiel 174

Die Wilden Fußballkerle stellen sich vor 182

Intuition und Zaubertrickkiste

Ich sah den Ball. Er flog direkt auf mich zu und mit dem nächsten Herzschlag flossen alle Geräusche der Welt zusammen. Sie wurden zu einem tiefen und kräftigen, immer lauter werdenden Ton. Meine Gedanken verschwanden. Ich trat einfach an. Drei kraftvolle, entschlossene Schritte. Ich flog dem Leder entgegen. Ich surfte auf dem Ton wie auf einer mächtigen Welle. Dann holte ich

Schwung. Mit dem linken Bein schraubte ich mich hoch in die Luft. Mein Kopf schwebte wie ein Satellit über dem Feld. Ich sah jeden *Wilden Fußballkerl* auf dem Platz. Ich spürte jeden Zentimeter des Rasens und mit diesem Wissen zog ich jetzt ab. Mein rechtes Bein sauste nach vorn. Der Scherenschlag war perfekt, und genauso satt und perfekt war das Geräusch, mit dem mein Spann auf den schwarzen Ball traf.

»KAHH-DUMMMPFFFF!«, hallte es über das Feld und ließ jeden in der Bewegung erstarren.

Juli »Huckleberry« Fort Knox, die Viererkette in einer Person, konnte es einfach nicht fassen. Die *SpVg Solln* führte eins zu null!

Maxi »Tippkick« Maximilian, der Mann mit dem härtesten Schuss auf der Welt, pfiff durch die Zähne, als ob er Zahnschmerzen hätte. Ich stand im eigenen Strafraum, mindestens 50 Meter vom *Sollner* Kasten entfernt.

Markus, der Unbezwingbare, sackte hinter mir in die Knie. Das waren die letzten dreißig Sekunden des Spiels. Wie konnte ich die nur mit einem so dummen Fernschuss vergeuden?

Ja, und Fabi, der schnellste Rechtsaußen der Welt, dachte gar nicht daran, den Ball zu verfolgen. Er torkelte wie eine Fliege in einem Glas Honig herum. Seine Beine trieften vor Mutlosigkeit. Wenn wir dieses Spiel heute verlören, lägen wir neun Punkte hinter dem Spitzenreiter zurück. Dann wär die Meisterschaft futsch! So als hätte ich sie die Kloschüssel runtergespült.

»Dafür bring ich dich um!«, zischte Leon. »Dafür wirst du ganz langsam sterben! Dafür quäle ich dich bis zum jüngsten Gericht!« Der Slalomdribbler, Torjäger und Blitzpasstorvorbereiter kochte vor Wut und er meinte es ernst. Es war ihm schnurzpiepegal, dass ich sein Bruder war. »Hörst du, Marlon! Und danach ..., ja danach quäle ich dich weiter!«

Selbst Willi hielt jetzt die Luft an. Der beste Trainer der Welt stand am Spielfeldrand. Er knetete seinen Hut zwischen den Fingern und seine Augen klebten wie die aller andern am Ball. Der schoss wie ein nachtschwarzer Komet durch den hellblauen Himmel.

»Ratzfatz! Seht doch!«, raunte Joschka, die siebte Kavallerie. »Er fliegt den Zauberbesenflugbogen!«

»Ja!«, lachte Raban, der Held. Dabei waren seine Coca-Cola-Glas-Brillengläser vor Nervosität so beschlagen, dass er höchstens zwanzig Zentimeter weit sah. »Beim Fußballderwisch von Ostokinawa! Genau so hat Marlon gegen *1906* das Siegestor geschossen. Wisst ihr das noch? Wir haben in Unterhosen gespielt. Als kannibalistisch-touristische Vodoomacht!«

»Nein. Das wissen wir nicht!«, fuhr ihm Felix über den Mund. Der Wirbelwind starrte den Ball an, als wollte er ihn durch seine Willenskraft lenken. »Daran können wir uns überhaupt nicht erinnern.«

»Das ist nicht dein Ernst!«, raufte sich Raban die Locken. »Das ist doch erst drei Wochen her!«

»Ja-ha-ja-und!«, zischte Deniz, die Lokomotive. »Das To-hor von vor drra-ha-hei Wochen zählt heute nicht!«

»Aber das ...!«, wollte Raban ihm widersprechen.

Da sprang Vanessa, die Unerschrockene, vor Schreck auf die Bank. »Schitte noch mal! Er hat den Ball angeschnitten. Er dreht sich nach links! Er geht neben das Tor!«

»Beim flie-ha-hiegenden Orientteppich!«, fluchte Deniz, der Türke und Raban, der Held, schwenkte um 180 Grad um: »Marlon, verflixt! Was fällt dir ein? Das hast du noch nie gemacht!«, beschimpfte er mich.

Ja, und damit hatte er Recht. Krumpelkrautrüben- und krapfenkrätziger Schlitzohrenpirat! So was hatte ich mich bisher nie getraut. Aber da war dieser Ton. Auf ihm flog der Ball und auf ihm flogen auch meine Gedanken. Rocce, der Zauberer, konnte sie hören. Er war nicht umsonst mein bester Freund. Deshalb rannte er los. Er stieß auf den linken Torpfosten zu, direkt in die *Sollner* Abwehr hinein. Die war der Star dieses Spiels. Die hatte unseren Angriffswellen wie ein Bollwerk getrotzt. Die hatte Leon und Fabi, das Twisterduo, die Goldenen Twins, die Sturm- und Tormaschinerie der *Wilden Fußballkerle e.W.* über das ganze Spiel hinweg neutralisiert. Ja, und auch jetzt reagierte die Viererkette der *Sollner* energisch und schnell. Rocce wurde auf allen vier Seiten umstellt. Ein Kopfball war so gut wie unmöglich. Da unterlief der Brasilianer den Ball. Die Gefahr war vorbei. Das Leder drehte sich, wie es Vanessa vorausgesagt hatte, am linken Kreuzeck vorbei. Der Torwart der *Sollner* gab schon Entwarnung. Die bisher fehlerlose Abwehr atmete aus. Sie hatte es doch tatsächlich geschafft. Sie hatte den Hallen-Stadtmeister, den Favoriten, geschlagen. Da stieg Rocce hoch. Wie ein Senkrechtstarter schoss er in den Himmel hinauf und lupfte den Ball mit einem copacabanischen Besenschrank-Briefmarken-Fallrückzieher ins Spielfeld zurück.

In Zeitlupe segelte die schwarze, magische Kugel über die Köpfe der *Sollner* hinweg. Sie beschrieb den schönsten Bogen der Welt. Selbst unsere Gegner wurden von Rocces Rückpass verzaubert. Mit offenen Mündern staunten sie dem Wilden Ball nach. Ja, und dann kam das böse Erwachen.

Die Flugbahn des Leders näherte sich ihrem Ende. Der Ball senkte sich auf den Strafraumrand ab und dort, genau dort tauchte ich aus dem Nichts auf. Die *Sollner* starrten mich an, als nähme ich eine Tarnkappe ab. Sie hätten schwören können, dass ich bis gerade eben noch unsichtbar war. Doch jetzt sahen sie mich und ich stand völlig frei vor dem Tor. Der Ton, den ich die ganze

Zeit hörte, wurde jetzt zu Musik. Trompeten und Pauken legten sich richtig ins Zeug. Sie trieben mich an. Aber auch der Keeper der Spielvereinigung sprang aus seiner linken Torecke raus. Er rechnete mit einem Schuss ins rechte, ins lange untere Eck. Er streckte und reckte sich zu seiner dreifachen Länge und er kam doch noch tatsächlich an den rechten Pfosten heran. Doch dort fand er nur das blanke Entsetzen und einen Paukenschlag.

»Nein!«, schrie er und starrte auf das nachtschwarze Leder. Das rollte seelenruhig auf die linke Torecke zu. Ich grinste wie Kapitän Blackbeard persönlich. Ich hatte den Ball gegen den Lauf des Keepers gespielt. Ganz locker und leicht. Und genau so klang die Musik, die ich hörte. Aber die Kugel war noch längst nicht im Netz. Sie rollte direkt an den Füßen der *Sollner* Abwehr vorbei.

»Jetzt tut doch was! Schießt das Ding endlich weg!«, schrie ihr Torwart sie an und tatsächlich reagierten alle vier Spieler gleichzeitig. Sie grätschten in meinen Schuss. Der Schiedsrichter, der neben mir stand, steckte sich die Pfeife für den Schlusspfiff schon in den Mund und Rocce lag immer noch auf dem Boden.

Juli riss sich die Mütze vom Kopf und warf sie vor Wut auf den Boden.

»Huhn kackendes Kümmelkreuz!«, fauchte er.

Da war Rocce schneller als alle. Wie ein Breakdancer wirbelte er auf der Schulter herum, lupfte den Ball mit dem linken Fuß hoch, über die Beine der *Sollner* Abwehr hinweg, und schoss ihn zu einem Geigen- und Fanfarencrescendo mit rechts satt und dumpf in das Netz.

Danach war es still. Atemberaubend und feierlich still. So still, dass die Zeit stehen blieb.

Die *Wilden Kerle* hielten die Luft an. Juli, der auf seiner Mütze herumsprang, schwebte sogar in der Luft. Alle schienen vor Spannung zu platzen. Da befreite sie der Schlusspfiff des Schiedsrichters aus ihrem Bann und die *Wilden Fußballkerle* fielen sich in die Arme.

»Eins zu eins!«, jubelte Joschka. »Was hab ich gesagt? Das war der Zauberbesenflugbogen!«

Und Leon drohte mir mit den Fäusten: »Kacke verdammte! Marlon, dafür bring ich dich um!« Doch er lachte dabei.

Nur Rocce sah mich vorwurfsvoll an. Er lag auf dem Boden vorm Tor. »Leon hat Recht!«, zischte er. »Das war verflixt noch mal knapp!«

»Nein. Das war noch viel knapper!«, widersprach ich dem Brasilianer. »Aber es war der einzig mögliche Weg!«

Ich grinste ihn an.

»Beim Santa Panther im Raubkatzenhimmel!«, schimpfte Rocce. »Da hast du Recht!«

Er lachte und nahm meine Hand an. Ich zog ihn hoch und wir liefen Arm in Arm zu den andern. Da warf Markus sein Handy hoch in die Luft. »Dampfender Teufelsdreck!«, freute er sich. »Das glaube ich nicht! Das werdet ihr mir alle nicht glauben!«

Wir schauten ihn erwartungsvoll an.

»Verflixt, das war Edgar! Der Pinguin!« Markus tanzte vor Freude, aber wir kapierten kein Wort. Edgar, der Pinguin, war der Butler von Markus Eltern und er war das Ehrenmitglied der *Wilden Kerle e. W.*

»Verflixt! Hab ich euch das nicht gesagt? Edgar hat sich das Spiel vom *Turnerkreis* angeschaut!«

Das waren die stahlgrauen Spitzenreiter in unserer Gruppe, der Dimension Acht, und sie hatten noch kein Spiel verloren.

»Die haben heut' gegen *Hertha* gespielt! Na, was ist? Schnallt ihr's jetzt?«

Markus schaute uns an, als wären wir alle geistesgestört. Doch *Hertha*, Deniz' alter Verein, war Tabellenvorletzter. Kanonenfutter heißt das für den *Turnerkreis*. Die hatten bestimmt 'ne Packung gekriegt, die zweistellig war. Jetzt lagen wir sicher nicht mehr nur sechs, sondern mindestens acht

Punkte hinter ihnen zurück. Und deshalb entwich uns die Freude über das Unentschieden wie die Luft aus einem geplatzten Ball.

»Ja, verflixt! Sie haben verloren!«, freute sich Markus noch immer. »*Hertha* hat sie in die Hölle geschickt. Drei zu eins! Wisst ihr, was das bedeutet?«

Und ob wir das wussten!

»Dreifach geölte Eulenkacke!«, strahlte Raban, der Held. »Jetzt liegen sie nur noch fünf Punkte vorn!«

»Bingo!«, rief Markus. »Und das nicht mehr lange. Edgar hat die Kerle kaum noch wiedererkannt. Er meint, seitdem wir sie in der Qualifikation zur Hallen-Stadtmeisterschaft weggeputzt haben, laufen sie zitternd und bibbernd über den Platz. So werden die kein Spiel mehr gewinnen. Ist das nicht eine phantastische Nachricht?«

»Worauf du Gift nehmen kannst!«, zischte Rocce und Markus hob die Hand zum High Five.

»Alles ist gut!«, lachte Markus.

»Ja, solange du wild bist!«, rief ich und schlug mit dem zweiten Teil unseres Grußes in seine Hand ein.

Eine Katze mit neunzig Leben

In der Nacht wurde ich von einem Klopfen geweckt. Fünf Kiesel prallten gegen die Fensterscheibe. Das war das Zeichen. Obwohl es fast Mitternacht war, war ich hellwach. Ich sprang aus dem Etagenbett raus und Leon sprang mir von oben direkt auf den Kopf.

»Hey! Pass doch auf!«, fluchte ich.

»Wieso ich?«, motzte Leon und riss sich die Schlafanzugjacke vom Leib.

»Weil du mir grad auf den Kopf gesprungen bist, Klugscheißer!«, beschwerte ich mich.

»Ich weiß. Aber ich hab überhaupt keine Zeit, um das jetzt auszudiskutieren. Tut mir echt Leid. Wir müssen ins Stadion!« Er packte seine Klamotten und stürzte aus dem Zimmer.

»Ins Stadion? Da wünsch ich dir aber viel Spaß! Ich geh nach Camelot!«, rief ich ihm nach. »Und alle anderen auch!«

Ich hörte, wie Leon im Flur eine Vollbremsung hinlegte.

»Camelot?«, fragte er argwöhnisch und steckte den Kopf durch die Tür. »Es hat dreimal geklopft. Drei Kiesel heißt *Teufelstopf!*«

»Nein, fünf!«, antwortete ich und zeigte ihm zur Hilfe die fünf Finger meiner Hand. »Es hat fünfmal geklopft. Und fünf, das heißt Camelot.«

»Klugscheißer!«, zischte mein Bruder, doch da war ich auch schon an ihm vorbei. Wir rannten die Treppe zum Dachstuhl hinauf.

»Und du solltest nicht so lange schlafen!«, rief ich zu Leon zurück. »Sonst landest du irgendwann bei Vanessa. Einmal Klopfen heißt Hexenhaus und das könnte sie falsch verstehen.«

Ich kletterte aus dem Fenster und stellte mich auf den Sims.

»Was meinst du damit?«, drohte mir Leon.

»Ich weiß nicht!«, zuckte ich fadenscheinig die Achseln. »Aber denk doch mal nach. Du bist 'n

Mädchen, es ist Mitternacht und da klingelt so'n Kerl bei dir an der Tür. Und der hat es ganz eilig.«

Leon wurde kreidebleich und dann rot. Dunkelrot.

»Dafür bring ich dich um!«, fauchte er wie ein Tiger und sprang genauso tigerschnell zu mir auf den Sims.

Doch ich war noch schneller. Ich packte den Motorrad-Seilbahn-Lenker und sauste das Stahlseil hinab.

»Da mach ich mir aber vor Angst in die Hosen!«, lachte ich. »Entweder ist das schon wieder 'ne leere Drohung von dir, oder ich bin eine Katze mit neunzig Leben!«

Ich ließ den Motorrad-Seilbahn-Lenker los und sprang auf die Straße.

»Weißt du, Brüderchen. Du hast mich schon so oft umgebracht und ich lebe immer noch!«

»Und das sollst du auch!« Leon war jetzt ein Feuer spuckender Tiger. »Du sollst ganz lange leben, hörst du! Damit du all die Qualen, die ich dir noch zufügen werde, auch so richtig genießen kannst!«

Doch bevor er mir was antun konnte, musste Leon erst noch den Motorrad-Seilbahn-Lenker zu sich hinaufziehen. Deshalb grinste ich fies zu ihm hoch. »Okay! Abgemacht. Aber inzwischen werde ich den andern erzählen, warum du vorhin so rot geworden bist!«

»Das wirst du nicht!«, rief Leon und verwandelte sich in einen erschrockenen Tiger. Einen Tiger, der gerade feststellt, dass man ihm die Streifen geklaut hat. »Das wirst du nicht!«, schrie er. »Das ist ein Befehl!«

Ich stieg seelenruhig auf mein Fahrrad.

»Marlon! Ich warne dich!«, drohte mir Leon, aber dann veränderte sich das Tigerchamäleon ein letztes Mal. Es wurde handzahm.

»Marlon! Ich bitte dich!«, flehte Leon. »Ich bring dich dafür auch nicht um! Zumindest heute noch nicht!«

»Okay! Abgemacht!«, lachte ich und trat in meine Pedale. Die Gangschaltung klackte so leise wie eine Präzisionsmaschine. Die extrabreiten Geländereifen meines BMX-Mountainbikes surrten satt und fett über den Asphalt. Der Mond spiegelte sich in den verchromten Motorrad-Schutzblechen und auf der riesigen Lampe. Die *Wilde Kerle*-Samurai-Fahnen in meinem Rücken flatterten im Wind und mir ging es einfach fantastisch. Mir, Marlon, der Nummer 10, der auch »die Intuition« genannt wird. Ja, und krumpelkrautrüben- und krapfenkrätziger Schlitzohrenpirat! Jetzt werde ich euch gleich was erzählen, das ihr in noch keinem anderen *Wilde Fußballkerle*-Buch gelesen habt. Gleich ging es mir nämlich noch tausendmal besser. Ja, mir und allen anderen nachtschwarzen Kerlen. Selbst Leon, das Tigerchamäleon, bekam seine Streifen zurück und Raban, der Held, stieg zum Manager auf. Er blähte sich auf, als wollte er sich in den Ex-Chef von *Bayer Leverkusen*, in den dicken Reiner Calmund verwandeln. Ja, ihr habt richtig gehört. Dieses Mal kann ich euch von keiner Katastrophe berichten. Die *Wilden Fußballkerle* wurden weder zerstört noch verboten. Sie wurden auch nicht in alle Winde zerstreut. Wir schämten uns auch nicht und wir hatten keine heimliche Schwäche. Staraja Riba, die alte Hexe, blieb diesmal auf ihrer glitschigen Klippe. Nein, das, was ich euch als Nächstes erzähle, machte uns einfach nur stark. Unvorstellbar stark. So stark, dass wir es gar nicht begriffen. Zumindest ich schnallte es nicht.

Die Weltmeisterschaft
vor der Weltmeisterschaft 88, 89, 90

Ich kam als Erster nach Camelot. Ich fuhr in den Garten von Juli und Joschka, und wieder einmal kam es mir vor, als würde ich es zum ersten Mal sehen. Über mir ragte unser Baumhaus in den Sternenhimmel empor – unser neues Baumhaus: Camelot II! Könnt ihr euch daran erinnern? Wilson »Gonzo« Gonzales, der blasse Vampir aus der Nebelburg, hatte es zusammen mit seiner Skatergang, den *Flammenmützen*, im Kampf gegen uns völlig zerstört. Doch dann folgte die Schlacht um den *Teufelstopf* und aus der gingen wir als Sieger hervor. Das werde ich nie im Leben vergessen. Joschka, der Kleinste von uns, hatte das Bravourstück vollbracht. Ganz ohne Waffen, nur mit einer Rolle Tapezierklebeband und seinem Kuscheltier, der *Wilde Kerle*-Puppe, hatte er sich durch das modrige, von Spinnen verseuchte Geheimtürenrohr gewagt. Er war in den von den *Flammenmützen* besetzten Hexenkessel aller Hexenkessel gekrochen und hatte dem blassen Vampir einen solchen Schreck eingejagt, dass der sich auf der Stelle ergab.

Aber das war nicht alles. Joschka hatte noch was besiegt. Er hatte unsere heimliche Schwäche bezwungen. Verflixt! Das könnt ihr mir jetzt gar nicht glauben, habe ich Recht? Aber damals schämten wir uns für uns selbst. Wir trauten uns nur noch dann wild zu sein, wenn uns keiner dabei sah. Wir waren unsichtbar wild und das bedeutet nichts anderes als feige. Aber dann hatte uns der kleine Joschka wieder sichtbar gemacht. Wir wurden wilder und gefährlicher als jemals zuvor. Das musste selbst Wilson »Gonzo« Gonzales zugeben. Nicht er, sondern wir, die *Wilden Kerle,* regierten das Wilde Land. Das Land vom Sternschnuppen-Wall hinter den Graffiti-Burgen bis hin zur Geheimhalle auf der anderen Seite der Magischen Furt. Des-

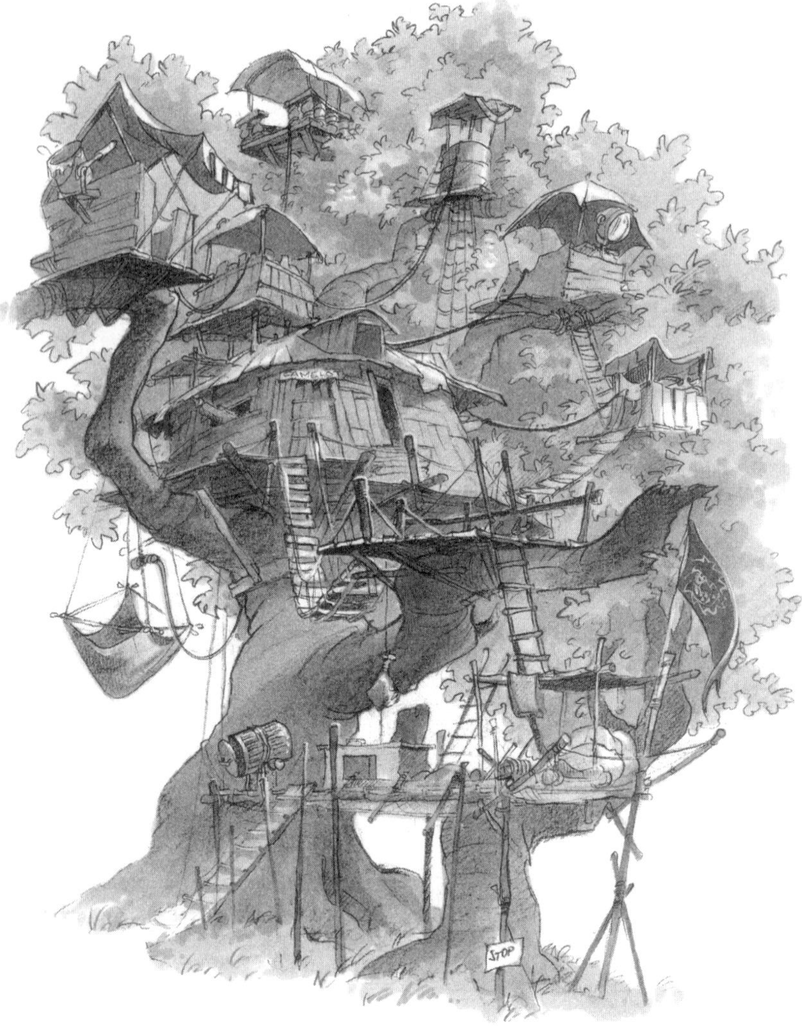
STOP

halb bat Wilson uns um Verzeihung und weil es ihm ernst damit war, baute er mit uns zusammen die Wilde Burg wieder auf.

Camelot II entstand wie der Phönix aus seiner eigenen Asche. Es wurde noch größer und majestätischer als unser Baumhaus davor. Die Halle schwebte in fünf Metern Höhe. Der Rundkuppelbau spannte sich um den mächtigen Baum. In ihm konnten sich nicht nur die *Wilden Fußballkerle*, sondern die *Flammenmützen* und alle *Unbesiegbaren Sieger* auf einmal versammeln – und sie wurden von Gefechtsständen auf allen Seiten geschützt. Federkanonen, Dampfstrahlerwummen, Honig- und Schmierseifen-Weihnachtsbaum-Einnetztonnen-Stolperseil-Fallen standen bereit und noch viele andere Geheimwaffen und Geheimtürentricks. Aber die darf ich euch noch nicht verraten. Sonst wär'n sie ja nicht mehr geheim. Und über der Halle, auf ihrem Dach, thronte Leons Zentrale. Hier herrschte er. Hier gab er seine Befehle. Ein Spinnennetz von Rohrtelefonen webte und wand sich aus ihr heraus. Mit ihm erreichte Leon alle sechs Krähennester und Türme, die in den Astgabeln der Baumkrone klebten. Ja, das Baumhaus war selber ein Baum. Ich hoffe, ihr wisst, was ich meine. Camelot II war so verzweigt und verästelt wie die alte Platane, auf der es errichtet war. Wenn man durch Camelot ging, bewegte man sich wie durch einen ausgehöhlten, riesigen Baum. Es war wie das Versteck von Peter Pan auf der Insel der verlorenen Jungs. Nur hatten wir uns nicht verloren. Wir waren so wild und gefährlich wie niemals zuvor. Und genauso wild und entschlossen tauchte jetzt ein *Wilder Fußballkerl* nach dem andern auf.

»Alles ist gut!«, grüßte ich und »Solange du wild bist!«, grüßten die andern zurück.

Dann kletterten wir in die Halle. Wir setzten uns dort in den Kreis. Jeder schaute jeden erwartungsvoll an, doch keiner sagte ein Wort. Das taten wir immer. Das hatten wir von den Indianern gelernt. Das beruhigte die erhitzten Gemüter. Aber schließlich hielt Raban, der Held, das Schweigen nicht länger aus.

»Sakra-Rhinozeros-Pups!«, zischte er. »Warum sind wir eigentlich hier? Wer von euch hat uns zusammengetrommelt?«

»Ich! Das war ich!«, antwortete Felix und räusperte sich den Frosch aus dem Hals. »Ähem! Ich mein, ich hab was für euch!«

Er zog einen Zettel aus seiner Hosentasche und reichte ihn Leon. Mein Bruder entfaltete das zerknüllte Papier. Seine Augen flogen über die Zeilen. Sie verengten sich. Sie wurden zu ganz schmalen

Schlitzen. Leon las den Text sicherheitshalber nochmal.

»Kacke verdammte, Felix!«

Leon strahlte über das ganze Gesicht. Er reichte den Zettel weiter an Fabi.

»Heiliger Muckefuck!«, raunte der schnellste Rechtsaußen der Welt.

»Schitte noch mal!«, hauchte Vanessa, die den Zettel als Nächste bekam, und Joschka, die siebte Kavallerie, begann stotternd zu lesen.

»Ye-yetix Ki-kitts Kaaap! Ein-n-la-dung zur K-Kinder, zur K-Kinder-w-w-w-w ...!«

»Was?!« Raban riss Joschka den Zettel aus der Hand. »Zur Kinder-was?«

»W-W-W-Weltmeisterschaft!«, stotterte Joschka und hatte das Wort endlich besiegt.

Raban schnappte nach Luft. Er staunte. Seine Augen wurden größer als die Gläser seiner Coca-Cola-Glas-Brille. »Dampfender Honigkuchenpferde-waaas!«

»Der Jetix Kids Cup!«, antwortete Felix ganz

stolz und ganz ernst. »Das ist die Kinder-Weltmeisterschaft! Sie findet jedes Jahr statt. 24 Mannschaften aus 24 Ländern spielen dabei um den Titel und wir können uns für Deutschland qualifizieren.«

»Terro-touristischer Bärenbauchspeck!«, flüsterte Joschka, die siebte Kavallerie.

»Das kannst du laut sagen«, gab Felix ihm Recht. »Wir wurden aus über tausend Mannschaften ausgelost. Das ist so, als ob man im Lotto sechs Richtige hat!«

»Nein! Das ist mehr!«, schüttelte Maxi den Kopf.

»Das ist, das ist ... !« Verflixt, mir fiel für so etwas Fantastisches einfach nichts Passendes ein. »Das ist, als ob es im Sommer ...«

»... in Brasilien schneit.« Rocce grinste mich an. Seine Augen leuchteten vor Begeisterung. »Versteht ihr? Dann, wenn es gerade ganz heiß ist und man es vor Hitze nicht mehr erträgt.«

»Ja, genau«, lächelte ich.

Ich verstand ihn zu gut. Genau diese Worte hatte ich eben gesucht. Rocce und ich, wir waren wie Brüder. Aber Felix, der Skeptischste von uns allen, blieb nach wie vor ernst.

»Nein!«, widersprach er dem Brasilianer. »Die Hitze ist noch gar nicht da. Die kommt noch. Rocce, das verspreche ich dir. Ich habe von Qualifizieren gesprochen. Habt ihr das vielleicht überhört? Genau! Und diesmal sind es nicht nur zehn Teams wie vor der Hallen-Stadtmeisterschaft. Diesmal haben wir es mit 128 Mannschaften aus 16 Bundesländern zu tun. Und die wollen alle dasselbe.«

»Zur Kinder-Weltmeisterschaft!«, entfuhr es Jojo, der mit der Sonne tanzt.

»Bingo!«, nickte Raban, der Held. »Du hast es gesagt. Aber das bringt sie leider nicht weiter.« Raban grinste. Er dachte gar nicht daran, sich einschüchtern zu lassen und er sprach uns damit aus der Seele. »Das bringt sie nicht weiter, weil wir dorthin fahren werden. Felix! Wann findet diese Weltmeisterschaft statt?«

»In drei Monaten«, antwortete der Wirbelwind. »Aber vorher müssen wir uns noch qualifizieren.«

»Klar doch!«, fiel ihm Raban ins Wort und zum ersten Mal erinnerte er mich an Reiner Calmund. So blähte ihn sein Selbstbewusstsein jetzt auf: »Und wann machen wir das?«

»In acht Wochen«, sagte Felix ganz ernst. So etwas nahm er nicht auf die leichte Schulter. Doch dann steckte ihn Rabans Übermut an. Ein Strahlen sprang aus Felix' Augen heraus. »Ja, Raban hat Recht. In acht Wochen qualifizieren wir uns für Bayern. Und zwei Wochen später gewinnen wir auch noch die Endauswahl! Dann sind wir für Deutschland dabei! Verflixt und zugenäht! Wisst ihr, was das bedeutet?«

Felix strahlte noch immer. Sein Strahlen erreichte die Ohren. Die wurden knallrot und erwartungsvoll blickte er in die Runde. Hatte er sich zu weit aus dem Fenster gelehnt? War er zu übermütig geworden?

»Beim flie-ha-ha-hiegenden Orientteppich!«, stammelte Deniz, die Lokomotive.

Dann schwiegen wir alle.

Felix' Ohren glühten so stark, dass sie die Halle von Camelot wie eine rote Lampe erhellten.

»V-ver-ffflixt und zugenäht!«, flüsterte Felix. »Ich meine, vielleicht schaffen wir's ja.«

»Ja, vielleicht«, lächelte ich. »Auf jeden Fall ist das ein ganz starker Traum.«

»Ein Traum?«, fragte Joschka enttäuscht.

»Genau!«, nickte ich. »Ein Traum, den man mit offenen Augen träumt. Und das sind die besten. Das hat mein Opa gesagt. Die geben einem die Kraft, mit der man alles erreichen kann. Alles, wovon man halt träumt!«

Mein Lächeln verwandelte sich in ein verschmitztes Grinsen.

»Santa Panther und Jaguar!«, zischte Rocce, der Zauberer, mein bester Freund, und Felix, der Wirbelwind, atmete aus. So erleichtert war er, und ich wette darauf: In diesem Moment liebte er seine glühenden Ohren.

Am nächsten Tag schlief ich aus. Es war Sonntag und da machten wir das bei uns zu Hause nun mal. Erst um Viertel nach acht stand ich auf. Ja, um Viertel nach acht. Aber wenn man seit halb sieben wach im Bett liegt und nur darauf wartet, dass der Tag endlich losgehen kann, dann hat man bis acht Uhr fünfzehn ganz schön lang ausgeschlafen. Deshalb sprang ich jetzt aus dem Bett.

»Dafür bring ich dich um!«, fluchte Leon und als die Tür des Kleiderschranks knarzte und quietschte, warf er mir einen Blick zu, der so scharf war wie das rostfreie Fallbeil einer Guillotine. Verflixt! Selbst im Halbschlaf war mein Bruder noch gefährlich und wild. ›Marlon, du solltest vorsichtiger werden‹, warnte ich mich. Doch dann musste er gähnen.

»Aber warte!«, grummelte Leon. »Alles der Reihe nach. Zuerst schlaf ich aus.«

Er zog sich die Decke über den Kopf, doch die war zu kurz. Seine nackten Füße rutschten unten heraus.

»Kacke verdammte!« Leon versuchte verzweifelt, die Decke länger zu ziehen. Er riss und zerrte an ihr herum. »Und dafür stirbst du noch mal!« Er starrte mich an. »Das sind jetzt schon 89 Tode. Ich hab nachgezählt!«, fauchte er, ließ die Decke Decke sein und packte sich das Kopfkissen auf den Kopf.

»Gute Nacht!«, lachte ich und zog den Reißverschluss meines Mechanikeroveralls zu. »Und träum weiter, Brüderchen!«

Ich rannte hinaus in den Flur. Dort hörte ich meinen Vater. Er schnarchte so laut, dass die Schlafzimmertür in den Angeln vibrierte. Dann schreckte er auf: »Hey, bist du verrückt? Warum hältst du mir die Nase zu?«, beschimpfte er seine Freundin und Leon schimpfte aus dem Kinderzimmer zurück.

»Ruhe! Verflixt! Ich will schlafen! Kapiert das hier keiner?«

Doch da war ich bereits aus dem Haus. Ich war heilfroh. Das könnt ihr mir glauben. So ein Sonntagmorgen-Ausschlafbrimbamborium ist ein gigantischer Stress. Ich hatte was Besseres vor. Ich sprang auf mein Fahrrad, schaltete die Gangschaltung auf Rennbetrieb um und raste davon, raus aus der Hubertusstraße und in das Himmelstor rein. Ich flog wie auf Wolken, und als ich die Nummer 13 erreichte, öffnete sich schon das dunkle, schmiedeeiserne Tor. Wie von Geisterhand schwang der

Torflügel auf und ich raste hindurch. Ich raste durch den riesigen Garten und an der noch riesigeren Villa vorbei. Hier wohnte Giacomo Ribaldo, der Fußballgott vom *FC Bayern*, doch das war mir völlig schnurzpiepegal. Denn hier wohnte auch Giacomos Sohn. Hier war Rocce zu Hause, seitdem er ein *Wilder Fußballkerl* war, und hier wartete er jeden Samstagnachmittag und Sonntagmorgen auf mich. Hier, hinter der Villa im hintersten Zipfel des Gartens. Hier hatten wir uns einen Schuppen gebaut: eine Garage, und vor dieser Garage hielt ich jetzt an.

Rocce stand da und er trug den selben Mechanikeroverall wie ich.

»Wo bleibst du denn?«, foppte er mich. »Hat dich Leon schon wieder getötet?«

»Worauf du Gift nehmen kannst!«, grinste ich und lehnte mein Fahrrad gegen die Birke. »Zum 88. und 89. Mal. Das hat er zumindest behauptet.«

»Mein Gott! Wie ist er denn auf diese Zahlen gekommen?«, fragte mich Rocce.

»Ich hab sie ihm gestern gesagt. Ich hab ihm gesagt, dass ich eine Katze bin, die neunzig Leben besitzt.«

»Das ist gut!«, lachte Rocce und hob die Hand zum High Five.

»Ja, solange du wild bist!«, gab ich zurück, doch

dann hielt ich es einfach nicht länger aus. »Und was ist? Hast du schon nachgeschaut? Ist der Lack trocken? Hat er Blasen geworfen? Sind irgendwo Nasen gelaufen?«

»Nein. Das hab ich nicht!«, antwortete Rocce und schaute mich vorwurfsvoll an. »Diese Garage hat keiner von uns jemals alleine betreten.«

Ich schluckte und nickte und dann dachte ich: »Wow! Was ist das für ein Kerl. Das hätte ich nicht geschafft.« Ich mein, wenn die Garage in meinem Garten gestanden hätte. Und das schon seit Wochen. Ich hätte das einfach nicht ausgehalten. Nein. Ich wäre hineingegangen. Da war ich mir absolut sicher.

»Was ist? Willst du wieder nach Hause?«, neckte mich mein bester Freund.

»Wie bitte? Was? Auf gar keinen Fall!«, antwortete ich.

»Also dann, worauf warten wir noch?«, fragte der Brasilianer lächelnd und trat mit mir vor das Tor.

Wir bückten uns und gemeinsam schoben wir das Rollgatter hoch. Das Sonnenlicht fiel in die dunkle Garage hinein und ließ dort zwei viereckige, aus Tüchern und Dachlatten zusammengenagelte Zelte erscheinen. Hier und da lugte ein Reifen mit Geländeprofil unter den Leinen hervor.

»Das ist der Tag!«, flüsterte Rocce.

»Ja, das ist der Tag!«, sagte ich und hielt die Luft an.

Ich hörte wieder diese Musik. Sie war wunderschön. Doch irgendetwas klang nicht zusammen. Da war auf einmal ein dunkler, düsterer Ton. Ich nahm ihn kaum wahr. Trotzdem machte er mich nervös.

»Machen wir es gemeinsam?« Rocce schaute mich erwartungsvoll an.

Ich nickte. Ich konnte nicht anders. Darauf hatten wir Wochen gewartet.

»Okay! Dann bei drei!«, sagte er.

»Bei drei oder nach drei!«, fragte ich nach, als hätte ich es nicht richtig verstanden. Aber in Wirklichkeit brauchte ich Zeit. Der Ton wurde lauter.

»Bei drei!«, erwiderte Rocce. »Ist alles okay?«

»Ja. Alles okay!«, antwortete ich und biss die Zähne zusammen.

»Dann geht es los. Eins. Zwei und ... drei!«

Ich riss mich los. Ich ignorierte den Ton. Ich warf meine Intuition in die Ecke, trat einen Schritt vor und riss mit Rocce zusammen die Tücher von den Dachlatten ab. Das Reißen des Stoffes übertönte die Musik und den Ton und dann war es still. So still, wie nach Rocces Breakdancer-Tor gegen die *SpVg Solln*. Majestätisch, königlich still.

Ehrfurchtsvoll schritten wir um unsere Gelände-

Gokarts herum. Der Lack, den wir gestern gespritzt hatten, glänzte wie eine makellose, smaragdschwarze Haut. Keine Nase oder Blase zeigte sich auf den Karosserien. Die duckten sich flach auf den Boden und streckten ihren Hintern stolz in die Luft. Dort schlief das Herz unserer Panther. So hatten wir unsere Renner getauft. Die 250 ccm starken Viertakt-Motoren hatten 18 PS, ein Fünf-Gang-Getriebe und erreichten stolze 120 Stundenkilometer Spitzengeschwindigkeit. Ja, ihr habt richtig gehört. Das waren Renn-Karts. Sie wurden auf Off-Road-Grand-Prixs gefahren, Kinder-Grand-Prixs selbstverständlich.

Rocce und ich strahlten uns an. Auf diesen Moment hatten wir lange gewartet. Jeden Samstag und Sonntag hatten wir in der Garage geschraubt. Wir hatten alles alleine gemacht und jetzt waren wir endlich am Ziel.

»Wir müssen sie nur noch fahren!«, grinste Rocce mich an. »Hier, Marlon, fang!«

Rocce warf mir einen Helm zu und ich fing ihn überrascht auf. Der Integral-Helm war neu, pechschwarz und über dem Visier leuchtete ein orangegoldenes Logo: ›Wilder Panther‹ wob sich als Schriftzug um einen *Wilden Kerl*. Der riss sein Maul auf, als wollte er brüllen. Ja, und darüber glühte meine Rückennummer, die Nummer 10.

»Krumpelkrautrüben!«, staunte ich. »Rocce!?«

»Den schenk ich dir«, lächelte er. »Aber jetzt ist Schluss mit den Feierlichkeiten. Das ist ja fast wie bei uns in der Kirche. Los, in der Ecke steht ein Kanister.«

»Verflixt! Du hast Recht!«, erwiderte ich und rannte schon los. Wir tankten unsere Karts und setzten die Integralhelme auf. Rocces Helm trug seine Nummer: die 19. Wir kletterten durch die Flügeltüren in das Spinnennetz aus Überrollbügeln hinein und schnallten uns an.

»Bist du bereit?«, fragte mich Rocce und aktivierte die Batterie.

»Worauf du Gift nehmen kannst!«, lachte ich und legte die Hand auf den Starter. »Aber wo fahren wir hin?«

»Das ist eine Überraschung!«, grinste Rocce mich an. »Fahr mir einfach nur nach.«

Wir drückten den roten Knopf. Das Herz unserer Panther erwachte. Die Motoren bollerten los. Sie rülpsten und spuckten, aber dann fuhren sie hoch. Oh, Mann, was war das für ein Sound! Das war mehr als Musik und der seltsame Ton, ja, ihr wisst schon, von welchem Ton ich spreche, dieser dunkle, düstere, unheimliche Ton, der sich jetzt wieder meldete, ließ den 250 ccm-Honda-Motor wie eine Vier-Liter-V8-Maschine vibrieren.

Ich biss die Zähne zusammen und legte den ersten Gang ein. Mein linker Fuß ließ das Kupplungspedal ganz langsam los. Aber ich war zu nervös und für die 18 PS ein bisschen zu flink. Der Off-Road-Panther hüpfte nach vorn. Er sprang wie ein bockiges Fohlen. Die Vierradaufhängung bäumte sich auf, doch dann hatte ich den Panther im Griff. Ganz langsam und ruhig glitt ich hinter Rocce aus der Garage.

»Fahr mir einfach nur hinterher!«, rief Rocce über das Brüllen der Motoren hinweg und fuhr mit seinem Kart an der Gartenmauer entlang.

Der dunkle Ton wurde lauter. Ich bekam Angst, doch die Angst ärgerte mich. Ich hörte nicht auf das, wovor sie mich warnte. Ich wollte auch gar nicht gewarnt werden. Dafür war das, was gerade passierte, zu aufregend und schön. In diesem Moment fuhr Rocce vor mir durch ein kleines Tor in der Mauer, das heute zum ersten Mal offen stand. Dahinter befand sich ein freies Feld. Ein riesiges, unbebautes Grundstück. Die Wilde Wiese spannte sich über einen Hügel und von seinem höchsten Punkt aus sah ich jetzt den Parcours. Rocce hatte ihn mit Fahnen und Ölfässern abgesteckt. Die waren natürlich nachtschwarz und auf ihnen leuchtete das orange-goldene Logo.

Wir hielten an. Unsere Karts standen fauchend und brüllend nebeneinander.

»Der Mann, dem dieses Grundstück gehört, ist ein Freund meines Vaters«, rief Rocce mir zu. »Ich hab ihn so lange bekniet, bis er's mir erlaubt hat.«

»Verflixt! Der Freund deines Vaters ist mein Freund! Sag ihm das bitte!«, rief ich und lachte

Rocce durch das orange Fenstergitter der Flügeltür an.

»Wie du willst!«, zuckte Rocce die Achseln. Dann wurde er ernst. Er sah mich herausfordernd an: »Auf jeden Fall kannst du einen neuen Freund brauchen. Denn ich schlage dich jetzt, Marlon Wessel, hast du gehört! Der Wind flüstert es und die Spatzen pfeifen es von den Dächern. Du hast nicht den Hauch einer Chance.«

Ich zuckte zusammen. Der dunkle Ton fiel mir ein. Ich hörte ihn wieder. Er war immer noch da und er wollte mich warnen.

»Hey, Marlon! Das war nur ein Scherz!« Für einen Augenblick runzelte Rocce die Stirn. »Ist alles in Ordnung?«

»Und ob!«, konterte ich. »Aber mir haben die Spatzen was ganz anderes erzählt. Weißt du, sie haben gesagt, dass du nur meine Rücklichter siehst.«

»Nicht schlecht!«, erwiderte Rocce. »Aber dann solltest du Spatzen ab sofort nicht mehr trauen.«

Er grinste und kramte ein Seifenblasenröhrchen hervor.

»Wenn die Blase zerplatzt, geht es los!«, erklärte er und beugte sich vor. »Das Rennen geht über zehn Runden. Ist das okay?«

Ich nickte und Rocce blies eine Seifenblase

durch das Fenstergitter hindurch. Die schillernde Kugel stieg langsam hoch. Sie ritt auf dem Wind und dem dunklen Ton. Einen Herzschlag lang glaubte ich, der Ton käme aus der Seifenblase heraus. Da zerplatzte sie schon.

Rocce und ich gaben Gas. Wir schossen den Hügel hinab und erreichten die erste Schikane Seite an Seite. Die Piste schlängelte sich wie eine Schlange durch die Wiese hindurch und in jeder der beiden 90-Grad-Kurven hatte einer von uns die Nase vorn. Aber ich fuhr verflixt noch mal außen. In dem Bogen nach der Schikane hatte ich den längeren Weg. Und das war riskant. Der Bogen führte aus der Senke hinaus und zurück auf die Kuppe. Hier musste man vorsichtig sein. Wenn man hier zu schnell fuhr und sprang, war das Rennen vorbei. Dann flog man aus der nächsten 180-Grad-Kurve raus. Aber ich durfte auch nicht vom Gas runter. Sonst ging Rocce in Führung. Krumpelkrautrüben! Was sollte ich tun? Ich saß in der Klemme und das Einzige, was mir jetzt noch half, war meine Intuition, meine Eingebung. Die Kraft, die mich manchmal unbewusst lenkte. Wenn sie kam, wusste ich ganz genau, was im nächsten Moment passiert. Ich dachte nicht nach. Ich handelte einfach und es war immer richtig: so wie im Spiel gegen die *SpVg Solln*. In solchen Momenten wusste ich alles. Ich ahnte jede Bewegung des Gegners voraus. Ich wusste, was er denkt, fühlt und tut, und dieses Wissen kam auf einem Ton. Auf ihm wurde es transportiert, und der fantastische Ton wurde dann zu Musik, wenn auch die *Wilden Kerle* meine Signale empfingen. So wie Rocce gestern im Spiel. Als er dem Weitschuss nachlief, um ihn mit seiner copacabanischen Besenschrank-Briefmarken-Fallrückzieher-Bogenlampe auf mich zurückzupassen. Ja, und den Rest wisst ihr ja schon.

Ich raste den Bogen hinauf. Die Hügelkuppe schoss auf mich zu. Ich spürte die Blicke von Rocce. Er lag um eine halbe Kartlänge voraus und sein Vorsprung wuchs weiter. Er würde mich vor der Kuppe ganz überholen und dann hatte er freie Bahn. Dann konnte er die Kurve danach auf der Ideallinie nehmen. Trotzdem blieb ich ganz ruhig. Ich atmete aus. Ich umfasste das Lenkrad und spürte mein Kart mit dem Po. Mein Panther und ich verschmolzen zu einer Einheit. Ja, und dann hörte ich das, was ich wollte. Ich hörte den Ton, doch der war nicht dunkel und düster. Er klang aufmunternd hell. Deshalb gab ich jetzt Gas. Nur ein ganz kleines bisschen. Ich hielt nur mit Rocce mit. Das reichte mir aus, doch dafür musste ich schneller fahren als er. Ich raste schneller über die Kuppe hinweg und ich verlor den Bodenkontakt.

Für die Zeit eines Augenlidaufschlags schwebte ich in der Luft. Doch dann grub sich das Profil der Reifen wieder in den Rasen hinein. Ich lachte vor Freude. Das war perfekt! Ich fuhr hart am Limit. Ich holte alles aus dem Panther heraus! Ja, und Rocce musste jetzt eng in die 180-Grad-Kurve hinein. Ich stieg in die Bremsen. Ich blieb hinter ihm, doch als ihn die Fliehkraft nach außen zog, raste ich innen an ihm vorbei. Ich brachte mein Kart vor seins. Ich konnte die nächsten zwei Kurven auf der Ideallinie fahren und als ich auf der Zielgeraden über den Hügel sprang, war ich zwei Längen vorn. Der Ton hatte sich schon längst in Musik verwandelt und ich baute meinen Vorsprung in der ersten Schikane noch aus.

Der Bogen danach war ein Highway zum Himmel. Mir konnte nichts mehr passieren. Der Parcours war zu klein. Selbst hier, in dem Bogen, erreichten unsere Karts höchstens 50 Stundenkilometer. Dann kam schon die Kuppe und die 180-Grad-Kurve danach. Wenn ich mich nicht verbremste, wenn ich immer auf der Ideallinie blieb, konnte mich Rocce in den nächsten achteinhalb Runden nicht mehr überholen.

Doch der gab jetzt Gas. Er schoss hinter mir her. Er wollte es so machen wie ich. Er wollte mich im U-Turn hinter der Kurve erwischen. Ich spürte und hörte ihn, und als ich in den Rückspiegel sah, hörte ich auch den Ton. Den dunklen und düsteren Ton.

»Gib auf!«, raunte er. »Brems und fahr von der Strecke. Mach den Weg für ihn frei!«

Doch das wollte ich nicht. Ich fuhr absolut sicher. Ich kannte mein Kart. Ich hatte es selber gebaut. Doch der Ton hörte nicht auf. Er warnte mich!

»Marlon! Dieser Sieg ist es einfach nicht wert!«

Da hob ich ab. Für einen Augenlidaufschlag schwebte ich über dem Boden. Doch das kannte ich schon. Es war alles perfekt. Die Räder setzten auf und fraßen sich in den Rasen. Ich stieg in die Bremsen: ganz kurz und knallhart, bevor ich die Kurve erreichte. Dann ließ ich das Bremspedal los. Ich wuchtete meinen Panther in die Kurve hinein und ich lachte begeistert. Das war noch besser als beim ersten Versuch!

»Hey Rocce! Die Spatzen haben die Wahrheit gesagt!«, rief ich zu meinem Verfolger zurück.

Doch der war zu schnell. Er schoss über den Hügel hinweg. Der dunkle Ton wurde ganz laut und ganz dumpf und aus ihm heraus entstand Rocces Schrei.

»NEEEIIIN!«, schrie er nur und dann krachte er auch schon in mich hinein. Sein Kart bohrte sich unter mein Heck. Es hob mich hoch. Es schleuderte und wirbelte mich durch die Luft. Ich wusste überhaupt nicht, was mit mir passierte. Ich sah noch mal den Zauberbesenflugbogen und Rocces Breakdancer-Tor. Dann donnerte das Dach des Karts auf den Boden. Die Überrollbügel ächzten und stöhnten und warfen mich auf meine Räder zurück.

KAWUMMS!

Mein Panther stand still, so wie ein Kunstturner nach einer perfekten Landung. Ich atmete aus und das Erste, woran ich dachte, war eine Katze. Die fällt auch immer auf ihre Füße, wisst ihr, egal, was passiert.

Dann war Rocce bei mir. Er riss und zerrte an der Flügeltür rum, doch er bekam sie nicht auf.

»Marlon! Ist alles in Ordnung? Sag doch was, Marlon! Ist was passiert?«

Ich schaute ihn an. Ich wollte den Kopf schütteln und lachen. Da spürte ich plötzlich den Schmerz. Er kam von weit her, doch er wurde stärker.

»Marlon, bitte sag doch was!«, flehte Rocce mich an und ich musste lächeln.

Es war ein bitteres Lächeln. So bitter und böse wie der Schmerz, der in mein rechtes Bein schoss.

»Ich glaube, das war die 90!«, lächelte ich.

Dann wurde mir schlecht.

Der freie Fall in die Hölle

Das, was jetzt mit mir passierte, gehörte nicht mehr ins *Wilde Kerle*-Land. Das gehörte auch nicht in die Nebelburg oder in die Verbotene Zone. Das hatte nichts mehr mit Fußball, den *Flammenmützen* oder dem Dicken Michi zu tun. Das war eine ganz andere Welt. Das war ein Alptraum, und der war schlimmer als die Graffiti-Burgen oder der blasse Vampir. Diese Welt war nicht schwarz, sondern weiß: weiß ohne Fenster und an der Stelle von Himmelsblau stach mir Neonlicht in die Augen. Das Martinshorn jaulte in meinem Kopf und mein rechtes Bein schmerzte so stark, dass ich es nicht mehr aushalten konnte.

»Ich will das nicht! Hört ihr! Das ist überhaupt nicht passiert!« Ich versuchte um mich zu schlagen, doch die Männer und Frauen in Weiß hielten mich fest. Sie zerrten mich aus dem Krankenwagen und eilten mit mir durch den Flur.

»Ich will das nicht, hört ihr! Ich will hier raus!«

Da tauchte meine Mutter neben mir auf. Sie drängte sich durch die Ärzte hindurch und fasste mich bei der Hand.

»Ich bin da!«, flüsterte sie und sah mir tief in die Augen.

Sie lächelte nicht. Sie machte nichts schöner und gerade das tat mir gut. Genauso wie mir die Hand meines Vaters gut tat, als er sie mir auf die Schulter legte. Er lief auf der anderen Seite der Trage neben mir her. Ich schaute ihn an.

»Ist es schlimm?«, fragte ich.

»Das kommt ganz drauf an, wie du's siehst!«, antwortete er. »Dein Schienbein ragt ungefähr fünf Zentimeter aus der Wade heraus. Mehr wissen wir nicht.«

Ich schluckte und würgte den Kloß aus dem Hals. »Und Rocce? Was ist mit ihm? Hat er was abgekriegt?«

»Nein. Gott sei Dank!«, antwortete meine Mutter und in diesem Moment sah ich ihn schon.

Der kupferhäutige Junge mit den blauschwarzen Haaren wartete vor der automatischen Schwingtür auf mich. Er wollte zu mir, aber die Ärzte schirmten mich vor ihm ab.

»Marlon!«, rief er und winkte mir zu. »Marlon, wie geht es dir?!«

Ich schaute ihn an. Ich konnte nichts sagen.

Irgendetwas hatte sich plötzlich verändert. Selbst Rocce spürte das jetzt. Er rannte hinter mir her.

»Marlon!«, rief er. »Jetzt warte doch. Es tut mir Leid!«

Da hielt ihn eine Schwester zurück.

»Marlon!«, schrie Rocce und wehrte sich, doch sie ließ ihn nicht durch.

»Hier darfst du nicht rein. Du kannst ihn ja morgen besuchen!«, sagte sie ruhig.

»Nein! Das will ich nicht. Morgen ist viel zu spät. Das ist viel zu wichtig. Marlon! Das wollte ich nicht. Hörst du? Es tut mir unendlich Leid!« Rocce schlug um sich. Er schrie und weinte hinter mir her, doch die Schwester ließ ihn nicht durch. Da fiel die automatische Tür zwischen mir und Rocce ins Schloss und ließ seine Schreie verstummen.

Ich wurde untersucht, mit Ultraschall abgetastet und mehrmals geröntgt. Ich kam in die Röhre zur Computertomografie und sah meine Eltern hinter der Scheibe. Sie standen neben den Ärzten mit den ernsten Gesichtern und dieser Ernst steckte sie an. Ich schluckte. Ich bekam große Angst. Was hatten sie da entdeckt? »Innere Verletzungen!«, schoss es mir durch den Kopf. »Solche, die man von außen nicht sieht.« Das hatte ich irgendwann auf dem Weg durch die langen Flure gehört: »Wir müssen sichergehen, dass er keine Gehirnblutung hat.«

Dann war die Untersuchung vorbei. Sie holten mich aus der Röhre heraus. Ich wollte es nicht, aber ich musste es wissen. »Was ist mit mir los? Was haben sie gerade gefunden?«, rief ich, doch die Ärzte hörten mich nicht. Ich weiß nicht warum. Sie waren wie taub. »Mama! Papa! Was habt ihr da gerade gesehen?«

Ich bäumte mich auf. Ich versuchte zu sitzen. Das tat unheimlich weh. Mein Kopf und mein Bein schrien vor Schmerz, aber ich konnte meine Eltern nicht sehen. Sie waren verschwunden. Da drückte mich ein Arzt auf die Trage zurück.

»Hab keine Angst. Deine Eltern mussten jetzt gehen. Sie dürfen nicht in den OP.« Er lächelte und gab mir eine Spritze.

»Das ist der Operationssaal!«, erklärte mir eine Schwester so freundlich und nett, als wär ich gerade nicht mit einem Renn-Kart, sondern mit einem Dreirad verunglückt. »Deine Eltern warten draußen auf dich! Hab nur etwas Geduld. Dann wirst du alles erfahren.«

»Was ist dieses ›alles‹?«, hakte ich nach. »Verflixt! Ich will das jetzt wissen! Ich bin doch kein Baby!«

»Ich weiß!«, lächelte die freundliche Schwester

und deckte mich zu. »Du bist ein ganz, ganz tapferer Junge.«

Ich starrte sie an. Verflixt! Warum sagte sie das? Schon im nächsten Moment schossen die Tränen aus meinen Augen. Sie flossen mir über die Wangen und sie spülten alles weg, was mir wichtig war: den *Teufelstopf*, die *Wilden Fußballkerle e.W.*, meinen besten Freund Rocce und die Weltmeisterschaft. Doch die freundliche Schwester verstand davon einen Dreck.

»Siehst du, wie tapfer du bist?«, lächelte sie und schob mich in den OP.

Eiskalt

Langsam wachte ich auf. Ich versuchte, die Augen zu öffnen, doch das Nachmittagslicht, das durch die Vorhänge fiel, blendete mich. Es brannte wie glühendes Eisen. Mein Kopf pochte vor Schmerz. Trotzdem wusste ich jetzt, wo ich war. Ich lag im Krankenhaus. Und dann kehrte die Erinnerung wieder zurück. Stück für Stück setzte sie sich wie ein Puzzle zusammen:

Das Rollgatter der Garage ging auf. Rocce lachte mich an. Er warf mir den Helm zu und ich bestaunte das gold-orangefarbene Logo. Dann standen die schwarzen Panther vor mir. Die schwarzen Panther und Felix, der in der Halle von Camelot II von der Kinderfußball-Weltmeisterschaft sprach. Ich fühlte mich prächtig. Ich fuhr noch einmal über die Kuppe. Die Wilde Wiese um mich herum strahlte giftgrün. »Das sind jetzt schon 89 Tode!«, fauchte mein Bruder, doch ich lachte ihn aus. Ich machte alles ganz richtig. Für einen Augenlidaufschlag schwebte ich durch die Luft. Ich spürte das

Limit. Ich surfte auf ihm wie ein Wellenreiter auf der Welle. Dann hörte ich Rocces Schrei: »NEEII-IN!« Ich krachte aufs Dach. Ich wirbelte durch die Luft und danach gab es nur noch den Ton. Den dumpfen, düsteren Ton und den Schreck. Kalter Schweiß presste sich aus meinen Poren heraus. Wo war mein Bein? Es war nicht mehr da! Ich spürte es nicht!

»Verflixt! Was habt ihr gemacht?«, schrie ich und setzte mich auf. Ich schlug die Decke zur Seite und starrte auf das Wirrwarr von Schrauben, die aus meinem Bein ragten. »Was habt ihr gemacht?«

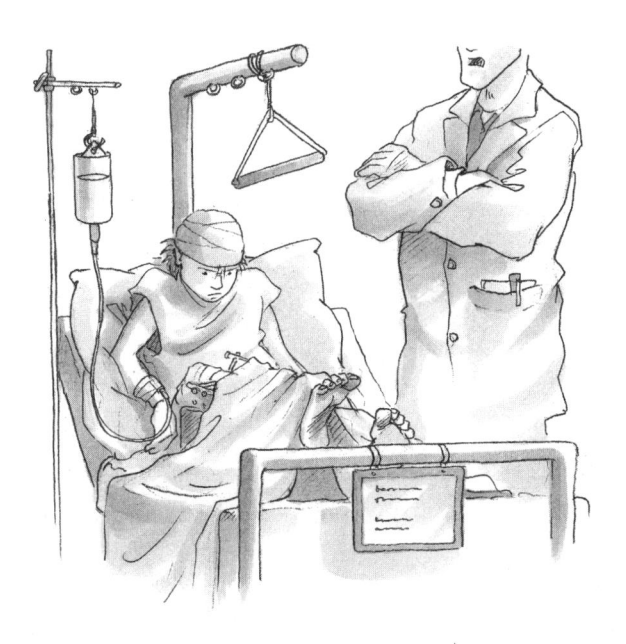

Mein Vater saß neben mir auf dem Bett. »Hey! Keine Angst«, sagte er. »Dein Bein wird wieder gesund.«

»Und sobald sie die Schrauben herausnehmen können, kommst du nach Hause.« Meine Mutter saß auf der anderen Seite des Bettes und strich mir über das schweißnasse Haar. »Mein Gott! Was hast du für ein Glück gehabt!« Sie lächelte, doch ihr Lächeln wurde von einem Tränenschleier verdeckt.

»Was meinst du damit?«, fragte ich. »Wann kann ich wieder ganz normal laufen? Das kann ich doch, oder?«

»Natürlich kannst du das!«, antwortete sie, aber das war nicht die ganze Wahrheit. Das war sie mit Sicherheit nicht. Ich dachte an die ernsten Gesichter der Ärzte.

»Wann?«, hakte ich nach und bekam gleichzeitig Angst.

»In sechs Wochen«, sagte mein Vater. »Wenn alles richtig verheilt.«

Krumpelkrautrüben noch mal! Das war die schönste Nachricht in meinem Leben. Plötzlich war selbst der Schmerz in meinem Kopf nicht mehr da. »Sechs Wochen? Ist das wahr?«, strahlte ich. »Dann bin ich zum Jetix Kids Cup ja wieder fit!«

Meine Eltern schauten sich an. Ich dachte, sie würden mich nicht richtig verstehen.

»Das ist die Kinderfußball-Weltmeisterschaft. Dafür können wir uns in acht Wochen qualifizieren«, erklärte ich ihnen begeistert. »Das hat Felix geschafft. Felix, verflixt! Dieser krapfenkrätzige Schlitzohrenpirat hat uns gestern Nacht damit überrascht!«

Ich lachte. Der Schmerz in meinem Kopf existierte nicht mehr. So freute ich mich. Doch meine Eltern blieben ganz ernst. Sie schauten zur Wand neben der Tür und baten irgendjemand um Hilfe. Ich drehte mich um und dann sah ich ihn auch. Es war einer der Ärzte. Einer von denen, die so ernst dreingeschaut hatten. Und das tat er noch immer.

»Deine Mutter hat Recht!«, sagte er. »Du hast mehr als Glück gehabt, Marlon.«

Mir stockte der Atem. Aus seinem Mund klang das Wort Glück so, als würde man mir einen Amboss um den Hals binden, bevor man mich in den Fluss wirft. Doch der Amboss kam noch. Der Arzt holte einen Helm hinter dem Rücken hervor. Es war der mit dem Wilde-Panther-Logo darauf.

»Du hättest tot sein können!«, erklärte er mir und seine Stimme klang so eiskalt wie Stahl. Er zeigte mir den Riss, der in dem schwarzen Fiberglas klaffte, und dann brach er beide Hälften mühelos auseinander.

»Aber du hast nur eine Gehirnerschütterung, Marlon.«

Ich biss mir vor Schreck auf die Zunge. Ich wollte nicht undankbar sein. Aber was war mit der Weltmeisterschaft? Ich musste in sechs Wochen spielen.

»Was heißt hier ›nur‹?«, fragte ich und blitzte ihn an. »Eine Gehirnerschütterung dauert doch keine acht Wochen.«

»Das stimmt«, nickte der Arzt. »Aber ein Kreuzbandanriss. Den kann man erst operieren, wenn du nicht mehr wächst.«

»Heißt das, ich darf nicht mehr Fußball spielen?«, flüsterte ich.

»Das musst du wissen!«, sagte der Arzt und seine Stimme wurde von Wort zu Wort kälter. »Wenn du weiterspielst, riskierst du, dass das Kreuzband irgendwann reißt. Und dann verbringst du nicht nur die nächsten acht Wochen, sondern die nächsten Jahre auf Krücken.«

Ich starrte ihn an. Ich wollte was sagen. Doch ich hatte überhaupt keine Kraft. Ich sackte zusammen. Ich legte meinen Kopf auf den Schoß meiner Mutter und begann ohne Tränen zu weinen. Mir war plötzlich eiskalt. Doch diese Kälte kam nicht vom Arzt. Sie war in mir drin.

»Rocce ist draußen«, hörte ich meine Mutter jetzt sagen und es klang, als wäre sie hundert Meter entfernt. »Soll ich ihn rufen?«

»Nein!«, sagte ich. »Ich will ihn nicht sehen.«

Pinguin-Fußball

Als es dunkel wurde, ließen mich meine Eltern allein. Dreimal versuchten sie, sich von mir zu verabschieden, doch ich sagte kein Wort. Ich lag auf dem Bett und starrte gegen die Decke. Ich rührte mich nicht. Um halb neun ließ die Narkose in meinem rechten Bein nach. Mein Schienbein schmerzte jetzt höllisch. Es forderte die Gehirnerschütterung zu einem Wettkampf heraus, doch mich ließ das kalt. Ich war kalt. Ich hatte alles gehabt, wovon ein Junge nur träumt, und ich hatte alles verloren. Ich war aus den Wolken in die Hölle gefallen und ich war dort zerschellt. Marlon, die Nummer 10, existierte nicht mehr und weil das so war, existierte das Wilde Land auch nicht mehr für mich. Die *Wilden Fußballkerle*, der *Teufelstopf*, die Dimension Acht und die Weltmeisterschaft waren mit ihm wie Atlantis versunken. Ich ballte die Fäuste. Ich weinte Tränen, die ich längst nicht mehr hatte. Ich spürte die Kälte in meiner Brust. Ich spürte den Hass und mit diesem Hass schlief ich ein.

Ich schlief ein und fiel in eine Wüste aus Eis. Es war Nacht. Sturmwolken jagten über den Himmel. Sie sahen wie Orkas und Narwale aus, die in einer Schlacht gegeneinander kämpften. Der Wind heulte und pfiff. Er wehte Eiszapfen in mein Gesicht. Da hörte ich Stimmen. Ich versteckte mich sofort unter einer Decke aus Schnee. Ich wollte nicht, dass sie mich entdeckten. Doch sie achteten gar nicht auf mich. Die Pinguine lachten und watschelten über mich drüber. Sie flachsten untereinander und sie klatschten mit ihren Stummelflügeln High Fives.

»Hey! Alles ist gut!«, schnatterten sie.
»Ja, solange du wild bist!«
»Los! Sei gefährlich und wild!«

Ich rieb meine Augen. Ich kniff mir dreimal in die Wange! Ich wollte es einfach nicht glauben. Aber diese seltsamen Vögel trugen das *Wilde Kerle*-Logo auf ihrer Brust. Und auf ihrem Rücken standen Namen und Nummern, so wie auf echten Trikots. Und dann sah ich den Pinguin mit der Coca-Cola-Glas-Brille und dann auch noch den mit dem Irokesenhaarschnitt. Der leuchtete feuerrot in der Nacht.

»Beim flie-ha-hiegenden Eskimokajak!«, schnatterte er. »Leon! Fangen wir an!«

»Ja, Kreuz-Yeti und Kümmel-Yak!«, rief ein anderer und schob sich die Sherlock-Holmes-Mütze aus der Stirn. »Worauf warten wir noch?«

Leon, der Pinguin, griff in die Luft. Er fing drei Eiszapfen auf, als ob es Schneeflocken wären, und formte aus ihnen einen gläsernen Ball.

»Fabi, Felix, Maxi, Markus, Rocce!«, teilte er die Mannschaften ein. »Ihr spielt zusammen mit mir.«

Dann ging es los. Markus stupste den Ball mit dem Schnabel zu Maxi. »DOI-JOING!«, machte es und der Pinguin mit dem härtesten Bumms auf der Welt passte ihn – »KA-SCHLADDER-DUMPF!« – knallhart mit der Flosse nach rechts. Fabi startete durch. Er watschelte über das Eis, steckte sich seine Flossen unter die Flügel, warf sich – »HUIIIH!« – auf den Bauch, rutschte auf ihm die Außenlinie entlang, überholte die Kugel und flankte sie – »SAPPA-DA-DATSCH!« – mit dem Schwanz ganz lässig und lachend nach innen. Dort stand Leon bereit. Direkt am Elfmeterpunkt. »IEHH-JUUUH!«, zischte er und schraubte sich wie eine Rakete hoch in die Luft, streckte Juli die Zunge raus und verlängerte den Ball »DA-DONG!« und »DA-DUMPF!« mit seinem runden Pinguinbauch nach links und Felix direkt in den Lauf. Der tanzte über das Eis, nahm mit seinen Stummelflügeln kurz Schwung, drehte einen Pirouettenwirbelwind – »WIEHHH!« – und schoss die Kugel – »BAHM!« – auf das Tor. Das gläserne Rund sauste auf das Lattenkreuz zu. Es passte genau in den Winkel. Doch Vanessa, die Pinguin-Dame, hatte den Torschuss geahnt. Sie sprang in die Luft, flog, als hätte sie Flügel, und faustete den Ball aus ihrem Kasten heraus. »FLAPP-FLAPP-DA-DONG!« Raban und Deniz klatschten vor Freude, aber das war zu früh. Die Kugel blieb heiß. Sie begann fast zu schmelzen. Ein Pinguin mit einem Federkleid, das so bunt war, als käme er direkt aus Hawaii, rutschte auf dem Rücken herbei. Er trug eine Sonnenbrille und drehte sich lässig im Kreis. Er trommelte einen Copacabana-Bongo-Rhythmus auf seinem Bauch und schlawinerte den Ball mit seinem allerwertesten Pinguinhinterteil – »BAP-DAP-DIBBI-DI-PUHPS!« – in Vanessas Kasten hinein.

»Heiliger Lebertran!«, jubelte Fabi und Markus ballte die Flügel.

Er streckte sie in den Himmel hinein und da ging ein Feuerwerk los. Die Narwal- und Pottwal-Wolken waren verschwunden. Sie wurden von Sternschnuppenstürmen verjagt. Deren Feuerschweife zischten und pfiffen über die Piguinköpfe hinweg und die rutschten begeistert übers Eis. Sie tanzten um die Eckfahnen herum, trugen Rocce auf ihren Schultern und machten die Wand. Seite an Seite fassten sie sich bei den Flügeln und rissen sie hoch in die von Funken durchstobene Luft.

Das sah wunderschön aus, noch schöner als damals bei unserem ersten *Teufelstopf*-Match, als Juli die Flutlichtanlage zerschoss. Ich verließ mein Versteck. Ich krabbelte aus dem Schnee und ging auf sie zu. Ich wollte sie fragen, ob ich mitspielen darf. Doch sie sahen mich nicht.

»Leon!«, rief ich. »Maxi! Vanessa!«

Doch sie hörten mich nicht.

Ich packte den nächstbesten Pinguin bei den Schultern und schaute ihm direkt ins Gesicht. Es war der mit dem Papageienfederkleid und der Sonnenbrille auf dem Schnabel. Es war – verflixt noch mal – Rocce: eine unbändige Wut stieg in mir hoch.

»Du bist schuld daran, hörst du! Du ganz allein! Wegen dir kann ich nie wieder Fußball spielen. Wegen dir gehöre ich nicht mehr zu den *Wilden Fußballkerlen* dazu!«

Ich schüttelte und rüttelte ihn und ich wollte ihn schlagen. Da nahm Rocce die Brille ab. Er schaute mich an. Er war verzweifelt und traurig.

»Hallo, Marlon«, lächelte er. »Ich hab dich vermisst!«

»Aber ich vermisse dich nicht!«, fauchte ich. »Ich hasse dich, hörst du!«

Ich stieß ihn ins Eis.

»Ich hasse dich!«

Ich starrte auf Rocce hinab. Ich genoss seine Tränen. Ich wollte, dass es ihm genauso schlecht ging wie mir. Ich schenkte ihm meine ganze Verachtung. Erst dann drehte ich mich um und ging weg. Ich ging in die Wüste aus Eis. Ich verschwand in der Nacht und ging immer weiter. Ich wollte dorthin, wo mich niemand mehr fand. Ich wollte mich selber vergessen!

Kein Weg zurück

Am nächsten Morgen erschien das Krankenhauszimmer nicht weiß, sondern schwarz. Zwölf *Wilde Fußballkerle* drängten sich um mein Bett und warteten mucksmäuschenstill, aber ungeduldig darauf, dass ich aufwachen würde. Sie waren extra vor der Schule gekommen, so sehr sorgten sie sich um mich.

»Seid ihr sicher, dass er schläft?«, flüsterte Jojo, der mit der Sonne tanzt.

»Na, klar. Was denn sonst?«, zischte Leon, mein Bruder, und bohrte sich die Fingernägel in die Handballen hinein.

»Ich weiß nicht so recht!«, flüsterte Joschka, die siebte Kavallerie. »Vielleicht ist er auch ... tot?«

»Du bist ja verrückt!«, fuhr ihm Juli über den Mund. »Das hier ist ein Krankenhaus. Da wird man gesund. Das wird man doch, oder?«

Er schaute die anderen an, doch er bekam keine Antwort. Er hörte nur das Klacken der Rosenkranzkugeln, die Rocce in seiner Hosentasche durch die Hand laufen ließ. Da hielt es Raban, der Held und *Wilde Kerle*-Manager, nicht länger aus.

»Hippopotamus! Bullen! Propellerschwanzmist!«, rief er empört, plusterte sich wie einst Reiner Calmund von *Bayer Leverkusen* auf und rannte zum Telefon.

»Hallo! Ja, hallo! Hier spricht Raban, der Held. Ich will sofort mit dem Chef-Doktor sprechen. Es geht um das Herz ... Wie bitte! Welches Herz? Hottentottenalptraumnacht! In welcher Welt leben Sie denn? Hat man mich mit der Putzfrau verbunden? ... Nein, das war persönlich gemeint und jetzt hören Sie mir mal ganz genau zu. Ich spreche von unserem Herzen, ist das jetzt klar? Ja, unser Herz. Das Herz der *Wilden Fußballkerle e.W.* Ich spreche von Marlon, der Nummer 10, und wenn dem was passiert, dann ...«

»Hey, stop! Hör sofort damit auf. Mach gefälligst 'n Punkt!«, rief Leon und riss Raban den Hörer aus der Hand. »Das ist genug! Der Mistkerl ist wach.«

Er blitzte mich an, doch ich musste lächeln.

»Hast du das alles gehört?«, fauchte er.

»Was meinst du mit alles?«, fragte ich scheinheilig nach. »Das mit der Putzfrau fand ich echt wild.«

Leon schnappte nach Luft. »Oh, Kacke verdammte! Dafür bring ich dich ...«

Er sprach den Satz nicht zu Ende. Mein Bruder erschrak über sich selbst. Er war plötzlich überhaupt nicht mehr wütend. Er schaute mich an, als ob ich behindert wär, als ob ich keine Beine mehr hätte. Das heißt, er schaute mich überhaupt nicht mehr an. Er starrte auf seine Füße.

»Oh, Schitte! Leon!«, seufzte Vanessa.

Dann war es still.

Für einen Moment war das Krankenhaus nicht mehr die feindliche und einsame Welt von gestern gewesen. Nein, es hatte zum *Wilde-Kerle*-Land gehört. Meine Freunde waren gekommen, um mich zu holen. Doch jetzt war dieser Augenblick schon wieder vorbei. Die Chance war verpasst.

»Es tut mir Leid!«, flüsterte Vanessa, die Unerschrockene.

»Ja. Dampfender Teufelsdreck!«, zischte Markus, der Unbezwingbare, und zog vor Verlegenheit seine Torwarthandschuhe aus. Das machte er sonst nur, um sich zu waschen.

»Fünf Jahre kein Fußball! Wie hältst du das nur aus!« Maxi »Tippkick« Maximilian, dem Mann mit dem härtesten Schuss auf der Welt, lief eine Träne über die Wange und Rocce, der Zauberer, wischte sich ein Dutzend davon aus dem Gesicht.

»Darf ich dein Bein einmal sehen?«, fragte er mich.

Ich runzelte die Stirn und sah ihn argwöhnisch an.

»Okay! Wie du willst!«, spottete ich und spürte die Wut und den Hass. Ich schlug die Decke zur Seite und zeigte mein Bein. Rocce und die anderen *Wilden Fußballkerle* starrten auf das Wirrwarr der Schrauben. »Was ist?«, verhöhnte ich sie. »Das wächst alles wieder zusammen. Es ist mein Knie, kapiert ihr? Das ist für immer kaputt!«

Ich warf Rocce alle Schuld vor die Füße und obwohl er vor meinem Bett stand, kam es mir vor, als würde er sich mit Lichtgeschwindigkeit von mir entfernen. Plötzlich war ich wieder in der Wüste aus Eis.

»Ich will dich nie wiedersehen!«, rief ich. »Hörst du? Hau ab!«

Ich blitzte ihn an. Rocce zögerte einen Moment. Er war genauso verzweifelt wie ich. Er wollte was sagen, doch dann rannte er einfach hinaus.

Die Tür knallte ins Schloss und ich vergrub mich unter den Kissen. Ich wollte jetzt nicht allein sein. »Das sind deine Freunde!«, warnte eine Stimme in mir, doch ich hörte nicht hin.

»Bitte, lasst mich allein!«, flüsterte ich.

Ich biss die Zähne zusammen. Die Sekunden verstrichen. Mein Herz schlug und dröhnte wie eine Pauke in meinem Kopf. Aber die *Wilden Kerle* rührten sich nicht. Sie warteten, als wollten sie das Zimmer nur mit mir zusammen verlassen. Doch ich gehörte nicht mehr dazu.

»Verflixt! Ihr sollt gehen!«, schrie ich und flehte sie an. »Ich bitte euch. Lasst mich doch endlich allein!«

Da nickte Vanessa.

»Kommt!«, sagte sie. Es fiel ihr fürchterlich schwer. »Tun wir, was er uns sagt.«

Sie schaute mich noch einmal an.

»Und du rufst uns bitte, wenn du uns brauchst. Ich weiß, das willst du jetzt auf keinen Fall hören. Aber wir sind für dich da.«

Sie kam an mein Bett und hob die Hand zum High Five.

»Alles ist gut!«, sagte Vanessa, doch ich schlug nicht ein.

Das Mädchen wartete noch ein paar Sekunden. Dann ging sie aus dem Zimmer hinaus. Ein *Wilder Kerl* nach dem anderen folgte ihr und als letzter ging Leon, mein Bruder. In der Tür drehte er sich noch einmal zu mir um.

»Das gilt auch für mich!«, sagte er leise, aber bestimmt. »Ich tu alles für dich.«

»Ach ja, was du nicht sagst«, spottete ich. »Dann gib mir dein Knie!«

Ich sah ihn nicht an. Ich wartete nur darauf, dass Leon die Tür hinter sich schloss. Dann war es still. So still, dass selbst mein Herzschlag verstummte. Aber genau das hatte ich die ganze Zeit über gewollt.

Rocces Bitte

In den nächsten Tagen und Wochen richtete ich mich in meiner Einsamkeit ein. Meine Eltern versuchten, das zu verhindern, aber ich nahm ihre Hilfe nicht an. Sie erzählten von anderen Ärzten. Und davon, dass es vielleicht doch noch eine Möglichkeit für mein Knie geben würde. Doch ich wollte nichts davon hören. Mich interessierte auch nicht, dass die Osterferien anfingen. Verflixt! Versteht ihr das nicht? In den Osterferien vor einem Jahr hatte alles begonnen. Vor einem Jahr hatten wir den Winter besiegt und den Dicken Michi geschlagen. Wir hatten unseren Verein, die *Wilden Fußballkerle*, gegründet und ich hatte die Trikots entworfen und die Spielerverträge gemalt. Ich hatte das alles gemacht, damit Rocce bei uns mitspielen durfte, und mit ihm zusammen wurden wir die beste Fußballmannschaft der Welt. Ja, vor einem Jahr war die Welt noch in Ordnung gewesen. Wir hatten von steilen Fußballerkarrieren geträumt und jeder, dem wir von unseren Träumen erzählten, hatte uns auf der Stelle geglaubt, dass wir sie einmal wahr machen würden. Doch jetzt war alles vorbei. Für mich war alles vorbei. Träume waren zerstört. Und deshalb wollte ich auch nichts vom *Teufelstopf* wissen.

In dem trainierten die *Wilden Kerle* nämlich jetzt jeden Tag. Von Sonnenaufgang bis Sonnenuntergang kickten sie dort, tranken in den Pausen bei Willi am Kiosk Apfelsaftschorle und hörten seine Geschichten. Geschichten über die großen Tage des Fußballs, über Franz Beckenbauer, den Kaiser, über Gerd Müller, den Bomber der Nation, und immer wieder über Pelé, den besten Fußballspieler, den es je gab. Oder sie erzählten sich selbst von ihren Triumphen. Vom Sieg über die *Unbesiegbaren Sieger* und vom Spiel gegen die *Bayern*. Vom Sieg über den *SV 1906*, in dem sie nur ihre Unterhosen trugen, oder vom Sieg bei der Hallen-Stadtmeisterschaft. Ja, und in all diesen Geschichten tankten sie Mut: den Mut und die Kraft, die sie brauchten, um sich für die Kinder-Weltmeisterschaft zu qualifizieren und um dem *TSV Turnerkreis*, dem Spitzenreiter in der Dimension Acht, der Gruppe 8 der E1-Jugendmannschaften, doch noch den Titel abzujagen.

Krumpelkrautrüben- und krapfenkrätziger

Schlitzohrenprirat! Das war die wildeste Zeit, die es für einen *Wilden Kerl* gab. Dafür legte ich beide Beine ins Feuer. Beide Beine, meine Seele und auch noch mein Herz. Aber was nutzte mir das? Sie würden nur lichterloh brennen. Ich gehörte nicht mehr dazu. Und weil das so war, stürzte ich mich in die Hausaufgaben, die ich nachholen musste. Ich las irgendwelche Bücher, die mich nicht interessierten, schaute Filme im Fernsehen an, die mich fürchterlich langweilten, oder ich starrte einfach gegen die Wand. Auf jeden Fall nahm ich die Anrufe, die ich täglich von den *Wilden Kerlen* bekam, kein einziges Mal an und die Briefe, die mir Rocce jeden Tag schickte, sandte ich ungeöffnet an ihn zurück. Ich gehörte nicht mehr dazu. Ich war kein *Wilder Kerl* mehr und auch wenn sich ganz tief in mir noch ein Widerstand regte, wurde dieser Widerstand nach den Osterferien im Keim erstickt. Die *Wilden Fußballkerle* gewannen ihre Punktspiele gegen *Deisenhofen* und *Waldtrudering*, zogen mit einem Punkt Vorsprung am *TSV Turnerkreis* vorbei und übernahmen die Tabellenspitze. Sie schafften das ohne mich. Sie brauchten mich nicht und sie würden mich niemals vermissen. Das wusste ich jetzt und deshalb war es mir ziemlich egal, als man mir die Schrauben aus dem Bein nahm und mich dazu zwang, mit den Rehabilitationsübungen zu beginnen. Nach all den Wochen im Bett, musste ich das Laufen wieder ganz von vorn lernen, und obwohl ich mein Bett nicht mehr sehen konnte, hatte ich dazu keine Lust.

Trotzdem lernte ich allmählich, auf Krücken zu gehen, und als ich eines Abends auf dem Rückweg vom Klo den Flur entlanghumpelte, stand Rocce vor mir.

»Hallo, Marlon!«, sagte er leise, doch ich humpelte einfach an ihm vorbei.

»Marlon, warte doch mal! Ich muss mit dir reden!«, rief Rocce und als ich nicht anhielt, lief er hinter mir her. »Bitte, Marlon! Ich brauch deine Hilfe!«

Jetzt hielt ich an. Ich zögerte noch, doch dann drehte ich mich zu ihm um. »Was hast du da eben gesagt?«, fragte ich ihn und in meiner Stimme vibrierte der Hass.

Rocce wich erschrocken zurück.

»Bitte, Marlon. Schau mich doch nicht so an!«, bettelte er.

»Ich schau dich an, wie ich will!«, konterte ich. »Also schieß los! Warum bist du hier?«

Rocce zuckte zusammen. Er erkannte sofort: Ich hatte nichts anderes vor, als ihm meine Hilfe zu verweigern. Ich würde es sogar genießen, und je mehr und inständiger er mich darum bat, umso größer war für mich das Vergnügen. Aber Rocce war wirklich verzweifelt. Er war mindestens genauso verzweifelt wie ich und er wollte nicht aufgeben. Das unterschied ihn von mir. Rocce hatte sich noch nicht vergessen. Er kämpfte. Er war noch nicht in der Wüste aus Eis. Rocce lebte noch. Rocce war warm.

»Bitte, Marlon! Ich bitte dich!«, sagte er jetzt schon zum dritten Mal und ich konnte es nicht mehr ertragen. »Bitte, hör mir einfach nur zu.«

»Gut. Wenn das alles ist«, lachte ich hämisch. »Aber bisher bittest und bettelst du nur.«

Rocce schluckte. »Da hast du Recht«, flüsterte er. »Aber ich hab Angst vor dir, weißt du, und ich hab Angst vor dem, was gleich passieren wird.«

»Nun, das kann ich nicht ändern!«, gab ich eiskalt zurück und ich wusste im selben Moment, dass ich log.

Deshalb wollte ich gehen. Doch Rocce hielt mich zurück.

»Nein, warte, bleib hier!«, sagte er und ich ärgerte mich, wie er mit seinem Mut wuchs. »Ich brauch deine Hilfe, Marlon. Du musst meinen Vater trainieren. Sonst wird er verkauft.«

»Wie bitte?!«, fragte ich ihn verblüfft. »Willst du mich hochnehmen, Rocce?«

»Nein. Es ist mir absolut ernst. Das schwöre ich dir.« Rocce sah mich aufrichtig an. »Sein Vertrag läuft aus und er ist außer Form. Er hat in den letzten Spielen nur auf der Tribüne gesessen.«

»Das kann nicht sein!«, widersprach ich sofort. »Die *Bayern* haben ihn doch erst im letzten Sommer verpflichtet.«

»Ja, ich weiß. Aber mein Vater hat halt gepokert«, erklärte mir Rocce. »Er hat nur einen Jahresvertrag unterschrieben. Er wollte für die zweite Saison noch höher verhandeln.«

»Ich verstehe«, dachte ich mit. »Und jetzt schicken sie ihn in die Wüste.«

»Nein. Sie haben ihm eine Probezeit angeboten«, antwortete er.

»Und dafür ist er zu stolz!«, fasste ich alles zusammen.

»Ja.« Rocce senkte den Blick. »Dafür ist er zu stolz.«

Ich lächelte kalt. Das war meine Chance. Jetzt konnte ich ihm alles heimzahlen. Da hob Rocce den Kopf.

»Aber du kannst ihm helfen, Marlon«, sagte er leise, aber bestimmt. »Ich mein, vielleicht kannst du das. Du warst wie er. Du hast alles gehabt, das weißt du doch, oder? Und du hast alles verloren. Aber wenn du dich aufraffst und kämpfst, wenn du ihm zeigst, dass du dich jetzt nicht versteckst, auch nicht vor dir, dann macht er das vielleicht auch.«

»Hey, Rocce! Stopp! Halt! Warte doch mal.« Ich hob beide Hände und ohne, dass ich es merkte, stand ich plötzlich ohne Krücken vor ihm. »Rocce, das geht nicht. Dein Vater ist ein Fußballstar bei den *Bayern* und ich bin ein Kind.«

»Ja, aber du bist noch mehr. Wegen dir haben die *Wilden Fußballkerle* einen Trainer bekommen, und zwar den besten der Welt. Du hast die Trikots und die Logos entworfen. Wegen dir sind wir schwarz und gefährlich und wild. Du hast Vanessa geholfen. Auf ihrem Geburtstags-Fußballturnier. Du hast die Horrorgruselnacht für Maxi organisiert. Du hast ihm seine Stimme wiedergegeben. Und den Trippel-M.-S. ...«

»Hey! Halt! Das reicht!«, versuchte ich ihn zu stoppen. »Das ist genug.«

Doch Rocce war noch nicht fertig: »Und du bist und bleibst für immer und ewig und egal, was passiert, mein bester Freund.«

Rocce schaute mich an. Jedes seiner Worte kam ganz tief aus ihm raus und in diesem Augenblick war es wie früher. Wir waren online vernetzt. Jeder fühlte, was der andere fühlte, und jeder war bereit, alles für den andern zu tun. Ich dachte noch einmal an das Spiel gegen *Solln*. Ich sah meinen Pass und den Einzigen auf dem Spielfeld, der mich in diesem Moment noch verstand. Es war Rocce, mein Freund. Mein bester Freund. Ich sah seinen copacabanischen Besenschrank-Briefmarken-Fallrückzieher und sein Breakdancer-Tor. Ohne ihn hätten wir nie ein Unentschieden erreicht. Ohne ihn hätte mir selbst meine Intuition nichts genutzt. Doch dann röhrten die Panther über die Wiese. Rocce schrie auf und dann stand der Arzt in der Tür. Der Arzt mit der eiskalten Stimme: »Einen Kreuzbandanriss kann man erst operieren, wenn du nicht mehr wächst.«

Rocce wusste, was ich jetzt dachte.

»Marlon, ich habe mit dem Doc vom *FC Bayern* ...«

Doch ich wollte nichts davon hören.

»Nein«, fuhr ich ihm über den Mund. »Ich darf nicht mehr spielen! Vielleicht hast du das ja vergessen. Und vielleicht hast du auch vergessen, warum.«

Ich schleuderte ihm einen letzten, vernichtenden Blick ins Gesicht und drehte mich um.

»Es tut mir Leid«, sagte ich. »Aber ich kann nichts für dich tun.« Dann griff ich meine Krücken und stapfte davon. Schwung für Schwung versuchte ich, vor Rocce zu fliehen. Doch der gab nicht auf.

»Marlon! Wenn mein Vater geht, dann gehe ich auch.«

»Na und! Dann musst du ihn halt trainieren. Du

bist gesund!«, entgegnete ich und floh immer schneller.

»Aber mit mir redet er nicht. Marlon! Seit dem Unfall geht er mir aus dem Weg. Und die schwarzen Panther hat er in die Garage gesperrt. Hinter sieben Ketten und Schlössern!«

Ich floh immer schneller. Ich klemmte die Krücken unter die Arme und rannte ohne sie durch den Flur.

»Marlon!«, rief Rocce.

Da schlug ich die Tür meines Krankenzimmers hinter mir zu.

Lebendig begraben

Ich rannte in mein Zimmer, warf die Krücken auf den Boden und sprang auf mein Bett. Ich wollte nichts mehr sehen und hören. Ich lag auf dem Rücken und starrte ein Loch in die Wand. In die stockfinstere Wand. Ich hatte vergessen, wo die Lichtschalter waren. Ich lebte seit Wochen im Dunkeln.

Da raschelte etwas in der Ecke neben der Tür. Ich schnellte hoch.

»Was willst du denn hier?«, fauchte ich, doch Willi blieb cool.

»Hallo, Marlon!«, begrüßte er mich.

Er saß auf einem Stuhl und las meinen Krankenbericht. Seine Taschenlampe huschte über die Zeilen. Ich rutschte vom Bett und lief auf ihn zu. Die Krücken lagen immer noch auf dem Boden. Ich brauchte sie nicht. Da runzelte Willi die Stirn.

»Scheint so, als würdest du schneller gesund, als es dir lieb sein kann.«

Er schaute mich erwartungsvoll an. Für einen

Moment überlegte ich wirklich, ob ich meine Krücken aufheben sollte. Doch das war lächerlich. Willi hatte gesehen, wie ich hereingerannt war.

»Ich werde nie mehr gesund«, sagte ich kalt. »Hat man dir das nicht gesagt?«

»Oh, doch«, nickte Willi. »Das hab ich gehört. Aber weißt du«, und jetzt schob er sich den Hut zurück in die Stirn, »ich wollte mich lieber selbst davon überzeugen.«

Ein Lächeln huschte ihm übers Gesicht.

»Immerhin bist du Marlon, die Nummer 10. Ich konnte mir einfach nicht vorstellen, dass du so schnell aufgeben würdest. Das ging mir nicht in den Kopf.« Sein Lächeln wurde zu einem Schmunzeln, doch das prallte eiskalt von mir ab.

»Aber so ist das nun mal!«, sagte ich. »Jetzt hast du's gesehen. Jetzt ist es in deinem Kopf drin.«

Ich ging zur Tür und hielt sie für ihn auf.

»Und jetzt kannst du gehen.«

Doch Willi blieb sitzen.

»Bitte! Geh!«, forderte ich.

Doch Willi dachte gar nicht daran. Das Schmunzeln war in seine Augen gesprungen und die leuchteten mich jetzt aufmunternd an. Krumpelkrautrüben! So leuchteten nur die Augen der besten Trainer der Welt. So gaben sie einem den

Glauben an sich zurück. Doch den konnte und wollte ich jetzt auf keinen Fall haben. Ich wich Willis Blick aus.

»Das ist nicht fair!«, flüsterte ich und warf mich aufs Bett. »Mein Knie ist kaputt. Und so wird es die nächsten fünf Jahre bleiben. Verflixt! Fünf Jahre. Das ist die Hälfte meines bisherigen Lebens. Was hat das damit zu tun, dass ich aufgeben will?«

Ich vergrub meinen Kopf in den Kissen. Ich hörte, wie Willi aufstand. Doch er ging nicht zur Tür. Er kam zu mir ans Bett.

»Ich weiß nicht«, sagte er. »Aber vielleicht denkst du darüber mal nach.«

»Ach ja!«, spottete ich. »Und was glaubst du, was ich die ganze Zeit tu?«

»Es tut mir Leid«, antwortete Willi. »Ich wollte dich nicht beleidigen. Aber vielleicht drehen sich deine Gedanken im Kreis.«

»Und wenn das so ist?«, blieb ich stur. »Macht das einen Unterschied?«

Willi seufzte. Er nahm seinen Hut ab und knetete ihn zwischen den Fingern.

»Siehst du? Was hab ich gesagt!«, triumphierte ich bitter. »Und jetzt lass mich bitte allein.«

Willi nickte. Er schaute zur Tür. Er machte einen Schritt auf sie zu, dann einen zweiten und dritten. Er kämpfte mit irgendwas ganz tief in sich drin. Er schwitzte und atmete schwer. Er hielt die Türklinke bereits in der Hand. Da drehte er sich doch noch mal zu mir um.

»Du hast Recht«, sagte er heiser. »Ich verlange da was von dir, was ich selbst nicht geschafft hab.«

Er ließ die Türklinke los.

»Aber ich wünschte mir, ich hätte noch mal die Chance. Dann würde ich es todsicher versuchen.«

Willi schluckte. Er kam zwei Schritte zu mir zurück. Mehr wagte er nicht. »Bitte, sag jetzt nichts. Hör mir einfach nur zu. Ich hab mich damals genauso verhalten wie du. Und ich war schon 16. Der Vater vom Dicken Michi hatte mein

Knie ruiniert und alle Ärzte haben mir das bestätigt. An Fußball war nicht mehr zu denken und ich hab es zu gerne geglaubt. Mein Hass und mein Selbstmitleid haben mir das jeden Tag weisgemacht. Und als ich zehn Jahre später erfuhr, dass ich doch noch eine Chance gehabt hätte, als man mir sagte, dass man mein Knie hätte heilen können, war es dafür zu spät. Da hab ich schon im Wohnwagen hinter dem Kiosk gelebt.«

»Aber dort haben wir dich als Trainer gefunden!«, widersprach ich. »Ohne dich gäb' es die *Wilden Fußballkerle* gar nicht.«

»Das stimmt«, nickte Willi. »Das war mein Glück. Doch die 24 Jahre davor waren die Hölle.«

Ich drehte mich zu ihm um und setzte mich auf.

»Und weißt du warum?«, fragte er mich.

Willi wartete, bis ich nickte. »Genau. Wegen dem Hass.«

Ich biss mir auf die Lippen.

»Verfluchte Hacke, Marlon, verstehst du, was ich dir sagen will?« Willi trat nervös auf der Stelle. »Marlon! Am Anfang hab ich nur den Vater des Dicken Michi gehasst, doch dann hasste ich mich.« Willi wischte sich den Schweiß von der Stirn. »Ja, und dann, ganz am Ende, hab ich mich nur noch verachtet.«

Willi schaute mich an. Er hoffte, dass ich ihn

verstand, doch ich dachte nur: »Mann, sieht der armselig aus.« Und das war mir absolut peinlich.

»Und?«, fragte ich kalt. »Was hat das mit meinem Kreuzbandanriss zu tun?«

»Das ist doch ganz einfach!«, überhörte Willi den Spott. »Wir wollen dir helfen. Kapierst du das nicht? Es gibt keinen Grund dafür, dass du dich hier versteckst. Wir sind deine Freunde, hörst du! Gerade Rocce ist das!«

»Rocce ist schuld an allem!«, fiel ich ihm ins Wort.

»Aber er braucht deine Hilfe«, konterte Willi. »Nein, wir brauchen dich alle.«

Seine Augen leuchteten wieder. Er sah mich erwartungsvoll an. Er hoffte doch wirklich, dass ich ihm diesen Quatsch glaubte.

»Ich lache mich tot«, sagte ich. »Ihr gewinnt doch eh jedes Spiel.«

»Aber nur knapp! Ganz knapp!«, bemühte sich Willi. »Gegen *Deisenhofen* hätten wir beinah verloren. Wir lagen mit null zu drei Toren zurück.«

»Aber ihr habt es geschafft!«, hielt ich ihm vor.

Da stutzte Willi. Das Leuchten in seinen Augen erlosch.

»Was heißt das?«, hakte er nach. »Wolltest du etwa, dass wir verlieren?«

Er war richtig entsetzt.

»Marlon! Ich hab dich etwas gefragt!«

»Und wenn das so wär?«, schoss ich zurück.

Ich blitzte ihn an und ich schämte mich keine Sekunde. Ich genoss es sogar, wie es Willi die Sprache verschlug. Er stand da. Er suchte zuerst eine Antwort und dann seinen Hut. Er hob ihn vom Boden und setzte ihn auf. Dann hinkte er langsam zur Tür. Dort blieb er stehen.

»Du wärst jetzt gern tot«, sagte er leise. »Habe ich Recht?« Er drehte sich nicht zu mir um.

Ich ballte die Fäuste. Meine Hände waren plötzlich ganz kalt.

»Aber das bist du nicht, Marlon«, flüsterte Willi. »Du hast dich nur selbst lebendig begraben.«

Dann ging er hinaus. Er zog die Tür hinter sich zu und die klackte leise, aber ohrenbetäubend ins Schloss.

Wilde Kerle in Gefahr

Von diesem Tag an hörte ich nichts mehr von den *Wilden Fußballkerlen* und Willi. Nur über Rocce hörte ich was. Am Freitag, vor dem Spiel gegen die *SpVg Unterhaching*, dem letzten Heimspiel im *Teufelstopf*. Sie brachten es in den Sportnachrichten im Radio. Der große Giacomo Ribaldo wollte den *FC Bayern* nach knapp einem Jahr schon wieder verlassen. Er reiste übers Wochenende in die Türkei, um dort mit einem neuen Verein zu verhandeln. Seine Familie begleitete ihn.

»Giacomo«, fragte der Radiomoderator. »Seien Sie ehrlich. Die Saison beim *FC Bayern* war für Sie mehr als vermurkst und Sie wurden am Ende auch nicht mehr sehr freundlich behandelt. Wurmt Sie das nicht? Würden Sie es Ihren Gegnern und Kritikern nicht zu gern zeigen?«

»Ich hab mit dem *FC Bayern* sehr lange verhandelt«, wich Ribaldo aus.

»Ja, aber Sie sind doch nicht nur Geschäftsmann. Sie sind doch auch Sportler!«, hakte der

Journalist nach. »Ich habe gehört, der Trainer wäre bereit, Ihnen eine Bedenkzeit, eine Probezeit einzuräumen.«

Ich hörte, wie die Wut in Rocces Vater aufstieg.

»Ich habe alles gesagt!«, sagte er bitter und wollte das Interview damit beenden.

Da mischte sich Rocce ein.

»Nein. Das hat er nicht«, sagte er mutig. »Mein Vater kneift. Er hat Angst gekriegt. Er ist nicht mehr wild! Genauso wie mein bester Freund Marlon.«

»Das reicht!«, fuhr Ribaldo seinem Sohn über den Mund und ich dachte dasselbe.

Ich schaltete das Radio aus. Doch egal, was ich tat, ich konnte die zwei Sätze von Rocce nicht mehr vergessen.

»Er hat Angst gekriegt. Er ist nicht mehr wild!«, hallte es mir durch den Kopf.

Ich lag die ganze Nacht wach und am Samstag wurde ich immer nervöser. Verflixt! Heute spielten wir gegen *Unterhaching*. Heute konnten wir den Meistertitel gewinnen. Ich hielt es vor Spannung nicht aus. Meine Eltern waren im *Teufelstopf*. Sie würden erst nach dem Spiel zu mir kommen und sie ließen sich Zeit. Ja, sie wussten ja nicht, was mit mir los war. Sie dachten, mich interessiert das nicht mehr.

»Krumpelkrautrüben!«, begrüßte ich sie, als sie endlich kamen. »Wo bleibt ihr so lange und wie haben die *Wilden Fußballkerle* gespielt?«

Meine Eltern schauten mich verblüfft an.

»Jetzt sagt doch schon! Sind sie Meister geworden? Haben sie es ohne Rocce geschafft?«

»Nein«, antwortete mein Vater und schüttelte traurig den Kopf. »Es war ein absolutes Desaster. Sie sind untergegangen. Sie haben dreizehn zu null verloren.«

»Das ... das ... das ist nicht wahr«, stammelte ich. »Du schwindelst mich an. Komm, gib es zu!«, lachte ich und war fest davon überzeugt, dass ich meinen Vater durchschaute. »Du schwindelst mich an. Hab ich Recht?«

»Nein«, sagte mein Vater, mehr nicht.

Ich holte tief Luft.

»Okay! Sowas kann mal passieren. Das kommt bei den besten Mannschaften vor. Dann führen wir halt nur mit einem Punkt. Aber das ist auch mehr als genug. Dann müssen wir im letzten Spiel gegen den *Turnerkreis* nur noch ein Unentschieden erreichen.«

Ich hielt für einen Moment inne.

»Diese stahlgrauen Ekelpakete haben doch heute verloren?«, fragte ich nach. »Habt ihr mit Edgar gesprochen, ihr wisst schon, dem Pinguin.

Er schaut sich doch jedes Spiel vom *Turnerkreis* an.«

»Ja«, nickte mein Vater. »Er war heut in Solln.«

»Gut«, freute ich mich. »*Solln* ist echt stark. Gegen die hätten wir beinah verloren.«

»Aber der *Turnerkreis* nicht«, widersprach mir mein Vater. »Die sind wieder da. Edgar hat uns erzählt, sie haben *Solln* auf den Pluto geschossen. Ja, und er meint, *Solln* kommt da nie wieder runter. Die haben eine Null-zu-achtzehn-Packung gekriegt.«

Er schaute mich an.

»Tja. Jetzt liegt der *Turnerkreis* zwei Punkte vorn. Jetzt müsst ihr das letzte Spiel bei denen zu Hause gewinnen.«

»Und das packen wir auch!«, schoss es aus mir heraus.

»Na klar!«, lachte mein Vater. »Und vorher werdet ihr euch noch für die Weltmeisterschaft qualifizieren.«

»Und ob wir das tun!«, konterte ich.

»Wir?«, fuhr mir meine Mutter über den Mund. »Wer ist das denn – wir? Du gehörst doch nicht mehr dazu und das ist erst der Anfang vom Ende. Rocce ist so gut wie nicht mehr dabei und Deniz wird auch nicht mehr kommen. Er hat heute Rotz und Wasser geheult. Er hat die *Wilden Kerle* beschimpft und er hat Willi sein Trikot vor die Füße geworfen.«

»Und, was meinst du, passiert, wenn ihr euch bei der Kinder-Weltmeisterschaft noch mal so blamiert?«, fragte mein Vater. »Ohne Deniz, Rocce und dich? Wer wird dann noch zum Spiel gegen den *Turnerkreis* kommen?«

Ich schluckte. Ich ballte die Fäuste, ich wollte meinem Vater noch mal widersprechen, doch meine Mutter ließ mir dafür keine Zeit. So unbarmherzig hatte ich sie noch nie erlebt.

»Ja, und was passiert dann?«, fragte sie mich. »Ich kann es dir sagen. Dann gibt es die *Wilden Fußballkerle* nicht mehr.«

»Nein«, flüsterte ich.

»Oh, doch!«, widersprach sie. »Und aus euren Trikots werde ich Putzlappen nähen.«

»Das reicht! Hör sofort damit auf!«, rief ich und sprang aus dem Bett »Das lass ich nicht zu! Los, worauf wartet ihr noch. Ich muss hier raus!«

Ich riss die Tür auf. Ich wollte sofort aus dem Krankenhaus raus, doch ich lief dem Chefarzt direkt in die Arme.

»Hey! Hoppla! Einen Moment! Wo willst du denn hin?«, sagte er und lachte darüber, als hätte er mir einen Witz erzählt. »Nein, du bleibst hier!«, lachte er noch mal. Dann packte er mich bei den

Schultern und drückte mich in das Zimmer zurück.

»Nein. Ich hab keine Zeit. In zwei Wochen fangen die Pfingstferien an. In drei Wochen spielen wir auf der Kinder-Weltmeisterschaft und in vier Wochen holen wir uns den Titel in der Dimension Acht.«

Ich versuchte mich loszureißen, doch der Arzt hielt mich fest. »Das wirst du nicht!«, sagte er und seine Stimme war wieder eiskalt. »Es tut mir Leid, Marlon. Aber selbst wenn ich dich gehen lasse. Ja, selbst wenn du der beste Fußball spielende Junge bist, den es auf der ganzen Welt gibt. Das schaffst du nicht. Das kannst du nicht schaffen. Das verhindert dein Knie. Verstehst du das nicht? Es wird keine Woche aushalten und dann landest du wieder bei mir.«

Jetzt ließ er mich los. Ich packte meine Krücken, die an einem Stuhl lehnten und pfefferte sie gegen die Wand.

»Das ist nicht wahr!«, schrie ich ihn an. »Das glaube ich nicht. Ich will zu einem anderen Arzt!«

»Das kannst du tun, wie

du willst!« Der Chefarzt zuckte die Schultern. »Aber dadurch wird dein Knie auch nicht wieder gesund.«

Ich wurde ganz blass. Ich schaute zu meinen Eltern.

»Ich will einen anderen Arzt. Bitte!«, flüsterte ich.

Mein Vater nickte. Er wollte was sagen, doch der Chefarzt kam ihm zuvor.

»Überlegen Sie sich gut, was sie tun. Je eher sich Ihr Sohn mit den Tatsachen abfindet, umso schneller findet er ins Leben zurück.«

»Da haben Sie Recht«, seufzte mein Vater.

Aber dann wurde seine Stimme ganz kalt. Noch kälter als die des Arztes. »Trotzdem«, sagte er, »sollten wir reden. Und zwar am besten sofort.«

Mein Vater stand auf und der Blick, mit dem er den Chefarzt fixierte, hätte dem Dicken Michi alle Ehre gemacht.

»Kommen Sie!«, sagte er und das klang wie ein Befehl. »Marlons Mutter und ich, wir folgen Ihnen sehr gern in Ihr Büro.«

Dem Arzt fiel die Kinnlade auf die Brust. So hatte noch niemand mit ihm geredet. Und deshalb wirkte es auch. Er zierte und räusperte sich. Dann verließ er den Raum.

»Gut, wie Sie wollen«, grummelte er und verließ vor meinen Eltern den Raum.

Meine Mutter strich mir zum Abschied noch mal übers Haar.

»Und falls dir langweilig werden sollte, kannst du ja mal mit Leon telefonieren.« Sie grinste mich an. »Ich finde, der hat schon viel zu lange nichts mehr von dir gehört.«

Dann verschwand sie im Flur. Ich war völlig verwirrt. Was ging hier eigentlich ab? Warum sollte ich Leon anrufen? Worüber sprachen meine Eltern jetzt mit dem Arzt?

Da klingelte das Telefon in meinem Zimmer.

»Hallo Klugscheißer!«, meldete sich mein Bruder. »Warum rufst du nicht an, wenn man dich so lieb darum bittet?«

»Aber ... Ähm ... Ich weiß nicht ... «, stotterte ich.

»Oh, Mann! Kacke verdammte! Du hast dich überhaupt nicht verändert, habe ich Recht?« Ich sah Leons Grinsen durch den Hörer hindurch. »Aber was reg ich mich auf. Das ist doch der Grund für das ganze Theater. Wir brauchen dich so, wie du bist. Also, großes Brüderchen, hör mir mal ganz genau zu. Heute Nacht steigt ein Ding, das wird dein Leben verändern.«

»Aber was?«, fragte ich.

»Das musst du nicht wissen. Das ist so was wie eine Überraschungs-Ich-komm-zurück-Willkommensparty. Sei einfach nur für alles bereit.«

Leon grinste noch immer.

»Hast du's jetzt endlich kapiert?«

»Klugscheißer!«, schimpfte ich.

»Genau«, lachte Leon. »So lass ich mir das gefallen. Also bis gleich.«

Dann legte er auf.

Der Anakonda-Sumo-Ringer-Pippi-Langstrumpf-Coup

Der Rest des Tages war wie die letzten Stunden vor Heiligabend. Kennt ihr dieses Gefühl, wenn die Zeit stillsteht und ihr vor Spannung fast platzt? Wenn ihr es nicht mehr aushalten könnt. Wenn ihr am liebsten nachschauen würdet, ob jemand die Zeiger der Uhr mit Sekundenkleber festgeklebt hat. Ich hatte keine Ahnung davon, was für eine Überraschung Leon für mich bereithielt. Aber ich hatte einen sehnlichsten Wunsch. Einen Wunsch, der absolut wahnwitzig war und von dem ich trotzdem hoffte, dass er in Erfüllung ging: Ich wollte aus dem Krankenhaus raus und das mit einem gesunden Knie. Ich wollte Fußball spielen. Ich wollte, dass es die *Wilden Fußballkerle* auch noch nach der Kinderfußball-Weltmeisterschaft gab!

Doch es passierte nichts. Leon ließ sich nicht blicken. Ich schleppte mich durch die Zeit wie durch klebrigen Honig, doch Heiligabend fiel aus. Der frühe und der späte Nachmittag zogen sich wie warmer Kaugummi in die Länge. Und dann erschien auch noch sie: die Schreckliche Berta. Die Obernachtschwester begann ihren Dienst, und mit ihr erhielt die Station einen Drachen, der mich wie eine Prinzessin bewachte.

Die Schreckliche Berta war einsachtzig groß und genauso breit und so tief. Sie war ein lebendiger Quader, eine aus einer Anakonda und einem Sumo-Ringer zusammengepresste, mächtige Wand. Sie rollte die ganze Nacht durch die Flure und sie verkündete jedem, der es noch nicht wahrhaben wollte: Weihnachten fällt nicht nur dieses Jahr aus. Du wirst es nie mehr erleben!

Ich lag in meinem Bett und starrte gegen die Wand. Mein Herz hatte ein Loch und durch das entwich meine Kraft. Ich fühlte mich wie ein Fußball, den man in einen Stacheldrahtzaun gekickt hat. Und mit diesem Gefühl schlief ich ein.

Ich fiel in einen dunklen, traumlosen Schlaf. Die Nacht schloss mich in ihrer Finsternis ein und ich hatte Angst, dass ich nie mehr aufwachen würde. Da rief mich jemand beim Namen.

»Hey, Marlon! Hörst du mich? Marlon! Wach auf!«

Doch die Stimme kam von viel zu weit her. Ich erkannte sie nicht. Und ich spürte auch nicht die Hände auf meiner Schulter. Sie rüttelten mich.

»Hey, Marlon! Wach auf! Wir haben es eilig. Komm schon, du Klugscheißer! Ich bin's, dein Bruder. Der, der dich immer umbringen will! Und der das gleich auch verflixt noch mal tut, wenn du nicht sofort aufstehen willst.«

Leon rüttelte und schüttelte mich. Doch dann gab er auf.

»Kacke verdammte! Ich krieg ihn nicht wach!«, fluchte er und drehte sich zu den *Wilden Fußballkerlen* herum, die sich außer ihm noch in meinem Krankenhauszimmer befanden.

Maxi »Tippkick« Maximilian hockte cool auf dem Boden. Fabi, der schnellste Rechtsaußen der Welt, saß falsch herum auf dem Stuhl und verschränkte die Arme über der Lehne. Vanessa, die Unerschrockene, lehnte lässig an der Wand und Felix, der Wirbelwind, wartete im Schneidersitz auf dem Tisch daneben. Sie sahen aus wie eine Räuberbande kurz vor dem Coup. Sie wirkten so wild wie noch nie und sie waren zu allem entschlossen. Doch momentan boykottierte ich ihren Plan und deshalb plusterte sich Raban, der Held, auf dem Schrank in der Ecke wie ein Maikäfer auf.

»Verflixte Hühnerkacke! Jetzt tu endlich was, Felix!«, zischte der Junge mit der Coca-Cola-Glas-Brille. »Gleich kommt die fette Schwester zurück und dann verstopft sie den Flur. Ihre Kaffeepause dauert nur noch 15 Minuten.«

Der Wirbelwind schaute auf die Uhr über der Tür. Er hatte alles geplant. Er trug die Verantwortung für das Unterfangen und jetzt war es schon Viertel nach fünf. In spätestens zehn Minuten mussten sie das Zimmer verlassen, aber ich schlief immer noch wie ein Stein. Felix runzelte die Stirn. Er nahm seine Aufgabe mehr als todernst.

»Es tut mir Leid, Vanessa«, sagte er und schaute sie an, »aber es muss wohl so sein. Du musst ihn küssen.«

Leon, Maxi, Fabi und Raban fiel die Kinnlade auf die Brust. Ja, und auch Vanessa lehnte überhaupt nicht mehr lässig an der Wand. »Jetzt und sofort?«, hakte sie nach.

»Nein. Wenn es geht, noch etwas schneller!«, drängte der Wirbelwind und schaute noch einmal besorgt auf die Uhr.

Da biss sich Vanessa auf die Lippen. Sie gab sich einen Ruck und ging auf mich zu. Widerwillig beugte sie sich zu mir herab. Sie schürzte ihre Lippen zum Kuss. Doch dann, kurz bevor ihr Mund meinen berührte, hielt sie noch einmal an. Ihre Augen verengten sich zu ganz engen Schlitzen und sie bekam diesen Blick, für den sie einen Waffenschein brauchte.

»Ich warne dich, hörst du!«, zischte Vanessa. »Auch wenn du mich jetzt nicht hörst. Aber wenn du das hier auch nur einen Hauch persönlich verstehst, dann bring ich dich um!«

Sie schoss einen Laserblitz auf mich ab und dann küsste sie mich. Sie küsste mich direkt auf den Mund.

Leon, Fabi, Raban und Maxi stockte der Atem, doch ich fuhr entsetzt aus dem Schlaf.

»Igitt! Bäh! Und kotz!«, spuckte ich und wischte mir über den Mund.

Vanessa machte dasselbe. Sie war genauso entsetzt, doch das war mir schnurzpiepegal. Ich starrte sie hasserfüllt an.

»Hey! Ich hab dich gewarnt!«, drohte Vanessa. »Nimm das ja nicht persönlich!«

»Das tu ich auch nicht!«, fauchte ich. »Ich bring dich nur dafür um.«

»Okay! Das kann ich verstehen!«, nickte der Wirbelwind. »Aber zuerst bringen wir dich hier raus!«

»Wie bitte? Jetzt?«, fragte ich und dann fiel mir Weihnachten ein.

»Ja, jetzt«, lachte Fabi. Er schob einen Rollstuhl neben mein Bett. »Und weißt du was? Du musst noch nicht einmal laufen. Wir schieben dich raus.«

»Ihr seid ja verrückt!«, freute ich mich.

Doch dann wurde ich ernst. Ich musterte einen

Wilden Fußballkerl nach dem andern. Sie trugen ihre schwarzen Kapuzen-Sweatshirts und ich stellte mir vor, wie sie mich so aus dem Krankenhaus schoben und an dem Pförtner vorbei, der wie ein Luchs in seinem Kabuff saß und den Befehl hatte, niemanden gehen zu lassen.

»Nein«, schüttelte ich deshalb den Kopf. »So geht das nicht. So lassen die uns niemals hier raus.«

»Da hast du Recht!«, grinste Vanessa.

Sie knäulte ihr Seeräuberkopftuch zusammen und steckte sich stattdessen eine Krankenschwesterhaube ins Haar.

»Sei ehrlich, Marlon! Was steht mir besser?«

Ich schaute sie verständnislos an. Da sprang Felix vom Tisch.

»Stopp! Schluss mit dem Unsinn! Beeilt euch lieber! Es ist schon zwanzig nach fünf. Uns bleiben nur noch zehn knappe Minuten.«

Er riss seinen Rucksack vom Rücken und warf mir ein Bündel Kleider aufs Bett. »Und du hörst auf, dumme Fragen zu stellen! Zieh das einfach nur an!«

Danach ging alles ganz schnell. Felix zog sich einen Arztkittel an, genauso wie Vanessa und Maxi. Doch die waren den drei *Wilden Fußballkerlen* mehr als zu groß. Die Ärmel baumelten weit über ihre Hände hinaus und die Kittel fielen wie

Schleppen auf den Boden. Ich schaute sie ungläubig an. Sie sahen aus wie der Kleinste der sieben Zwerge in dem Zeichentrickfilm. Doch das schien sie nicht im Geringsten zu stören.

»Raban, gib mir deine Brille!«, befahl Felix todernst und setzte sie auf. »Gut. Das ist perfekt. Das macht mich mindestens zehn Jahre älter.«

Er drehte sich in seinen Plumpaquatsch-Kittel zu mir um und schielte mich durch die Coca-Cola-Glas-Brille an.

»Was denkst du? Marlon, seh ich nicht aus wie ein richtiger Arzt?«

»Na klar doch«, seufzte ich. »Vanessa! Ich glaub, jetzt braucht Felix 'nen Kuss. Er träumt mit offenen Augen.«

»Aber diese Träume können Berge versetzen«, konterte Felix pupstrocken. »Das hast du selbst mal gesagt.«

Er krempelte die Ärmel seines Arztkittels hoch. Er meinte das wirklich alles absolut ernst. Er war fest davon überzeugt, dass sein Plan funktionieren würde und deshalb beleidigten ihn meine Zweifel.

»Aber bevor du meinst, dass ich mich lächerlich mache«, motzte er patzig, »solltest du dich lieber einmal selber anschauen.«

Ich stutzte. In all dem Trubel hatte ich überhaupt nicht darauf geachtet, was für Klamotten ich von Felix bekommen hatte. Ich hatte sie einfach nur angezogen und jetzt machte mich das Grinsen und Giggeln von Leon und Fabi mehr als nervös. Ich schaute langsam an mir herab und im selben Moment prustete mein Bruder schon los. Er und Fabi hielten sich vor Lachen die Bäuche, doch ich rauchte vor Wut.

Ich trug ein Kleid und Ringelstrümpfe. Und jetzt stülpte mir Vanessa auch noch eine Perücke über den Kopf.

»Krumpelkrautrüben! Das geht zu weit!«, schimpfte ich und riss mir das Haarteil vom Kopf.

Es war rot und hatte zwei verbogene Zöpfe.

»Das ist ein Pippi-Langstrumpf-Faschingskostüm! Das ist lächerlich!«, fuhr ich den Wirbelwind an.

»Da hast du Recht!«, nickte der. »Aber ein Biene-Maja-Kostüm wäre noch viel lächerlicher gewesen, findest du nicht? Und etwas anderes hatten sie in deiner Größe leider nicht da.«

Mit diesen Worten stülpte er mir die Perücke auf den Kopf. Fabi und Leon lachten sich tot. Doch auch dafür hatte Felix überhaupt kein Verständnis.

»Was ist?«, fuhr er sie an. »Worauf wartet ihr noch? Wir haben nur noch sieben Minuten.«

»Okay! Okay! Es ist ja alles in Ordnung!«, rissen

sich Leon und Fabi zusammen, packten mich und setzten mich in den Rollstuhl.

»Weißt du, was dein Bruder jetzt ist?«, fragte Fabi und Leon lachte sich tot.

»Ja, Pippi auf Rädern!«, griente er und fing sich von mir eine Kopfnuss ein.

»Autsch!«, schrie er auf. »Was machst du denn da?«

»Wir haben nur noch sieben Minuten«, imitierte ich Felix und sah kopfschüttelnd zu, was die anderen machten.

Vanessa stand vor Felix und Maxi und sprühte deren Haare mit grauem Faschingsspray ein. Sie klebte ihnen falsche Augenbrauen und Schnurrbärte an und hängte jedem ein Stethoskop um den Hals. Dann stellten sich alle drei auf den Tisch. Dort warteten Leon, Fabi und Raban und auf ein Zeichen von Felix kletterte Vanessa auf Raban, Maxi auf Fabi und zum Schluss setzte sich Felix auf Leons Schultern. Die Kittel reichten jetzt bis knapp auf den Boden. Felix schielte noch einmal über die Gläser der Coca-Cola-Glas-Brille auf die Uhr über der Tür – und um genau eine Minute vor halb ging es los. Eine Minute, bevor die Schreckliche Berta laut Raban aus ihrer Kaffeepause zurückkehren würde.

Vanessa, die Krankenschwester, schob meinen Rollstuhl aus dem Zimmer hinaus und Maxi und Felix flankierten uns wie richtige und ehrwürdige Ärzte.

»Und dass eins klar ist!«, raunte Felix uns zu. »Ihr sagt alle kein Wort. Der Einzige, der hier eventuell redet, bin ich!«

Da schwenkte Vanessa urplötzlich herum und rammte mich gegen die Wand.

»Verflixt! Pass doch auf!«, schimpfte ich.

»Das war ich nicht, Schitte noch mal! Das war Raban!«, motzte das Mädchen.

»Ja, aber ich kann nichts sehen!«, beschwerte sich der unter dem Kittel hervor. Er drehte sich um und torkelte gegen die andere Wand. »Seht ihr! Was hab ich gesagt? Ohne meine Brille bin ich absolut blind!«

»Na bravo! Das habt ihr super geplant!«, lobte ich sie, doch dann wurde ich plötzlich ganz ernst. Ich spürte etwas in meinem Rücken. Ich drehte mich um und erblickte die Schreckliche Berta. Sie stieg in diesem Moment aus dem Lastenaufzug und sie kam direkt auf uns zu.

»Krumpelkrautrüben. Felix, jetzt wird es ernst. Wir müssen an ihr vorbei, bevor die kapiert, wer wir in Wirklichkeit sind. Und Raban, du hörst auf meine Befehle!«

»Wie bitte? Einen Moment! Was ist denn passiert?«, schielte Felix durch die Coca-Cola-Glas-Brille hindurch. Doch dann schob er sie auf die Nasenspitze herab und sah die Gefahr.

»Verflixt und zugenäht!«, fluchte er.

»Das kannst du laut sagen!«, schimpfte ich. »Und ich hoffe, du hast an so was gedacht.«

Der Wirbelwind schluckte, doch dafür hatten wir jetzt keine Zeit.

»Los geht's!«, befahl ich.

»Ja, auf geht's! Gebt Gummi!«, übernahm Leon meinen Befehl und dann preschten wir los.

Felix, Maxi und Vanessa kippten nach hinten, als gingen die Pferde mit ihnen durch, und ich versuchte Raban zu lenken.

»Rechts! Links! Nein, links, verflixt! Ja, und jetzt geradeaus!«, rief ich und ich gab wirklich mein Bestes.

Aber das reichte nicht aus. Deshalb blieb die Schreckliche Berta jetzt stehen. Sie verschränkte die Arme vor ihrer Brust und spielte Chinesische Mauer.

»Verflixt noch mal, Felix! Jetzt bist du dran«, zischte ich. »Tu was, oder wir fliegen auf!«

»Okay!«, riss sich Felix zusammen. »Aber ihr wartet im Lift! Passt auf, dass die Tür nicht zugeht, habt ihr gehört! Und du, Leon, hältst an, wenn ich es dir sage!«

In diesem Moment rannten wir an der Schrecklichen Berta vorbei. Das heißt, wir flutschten durch den schmalen Spalt, der uns neben der Schwester noch blieb. Die musterte uns wie ein Rhinozeros kurz vor dem Angriff. Dann schnellte ihr rechter Sumoringer-Arm wie ein Tentakel hervor.

»Halt! Einen Moment!«, brummte sie und erwischte Felix am Ärmel. Der zuckte zusammen, doch er konnte seine Panik beherrschen.

»Verflixt und zugenäht! Jetzt!«, befahl er und Leon hielt an. Der Slalomdribbler wirbelte zur

Schrecklichen Berta herum und Felix, der auf seiner Schulter saß, runzelte zornig die Stirn.

»Wie bitte?«, flüsterte er, doch seine Stimme klang trotzdem wie Donner. So tief und dunkel war sie. »Wie bitte? Einen Moment? Wo sind Sie denn in den letzten fünfzehn Minuten gewesen?«

Er schaute die Schreckliche Berta so lange an, bis sie seinen Kittel losließ.

»Los! Felix! Packen wir's!«, zischte Leon zwischen Felix' Beinen hervor und ich dachte im Aufzug dasselbe. »Los! Felix! Hau ab!«

Doch Felix war noch nicht fertig.

»Wissen Sie, ich habe Sie über eine halbe Stunde lang gesucht!«, tadelte er die Schreckliche Berta. »Dieser Patient da muss nämlich sofort zum Sportarzt des *FC Bayern* gebracht werden. Bitte, schauen Sie jetzt nicht auf die Uhr. Sie strapazieren meine Zeit sowieso schon genug. Der *Bayern*-Doc reist noch heute früh ab und wir brauchen unbedingt seine Diagnose. Wissen Sie, es zählt jeder Tag. Oder wollen Sie vielleicht dafür verantwortlich sein, dass Marlon, die Nummer 10, nicht rechtzeitig fit für die Weltmeisterschaft ist?«

Die Schreckliche Berta war jetzt absolut baff. Genauso wie ich.

»Stimmt das?«, flüsterte ich. »Ist das euer Plan?«

»Was hast du denn gedacht?«, plusterte sich Raban hinter mir auf. »An meine Spieler lass ich nur die allerbesten Ärzte.«

Ich pfiff durch die Zähne. Der *Bayern*-Doc war eine Koryphäe, was Fußballer-Knie betraf. Er konnte mir ganz bestimmt helfen. Doch noch hingen wir in diesem Aufzug hier fest. Noch war die Schreckliche Berta nicht überzeugt. Nein, das war sie noch lange nicht. Sie starrte mich an. Ja, mich im Rollstuhl.

»Aber das ist doch die Pippi. Die Pippi Langstrumpf ist das!«, stotterte sie und ihre Augen begannen zu leuchten.

»Nein. Das ist sie nicht!«, erklärte ihr Felix. »Das ist Marlon, die Nummer 10. Das hab ich Ihnen doch gerade gesagt. Er hat nur diesen Tick, wissen Sie.« Felix beugte sich zu ihr herab. Er flüsterte fast. »Er würde nur zu gern so sein wie Sie. Wie Pippi, mein ich.«

Er kniff ein Auge zu und schaute Schwester Berta verschwörerisch an.

»Das kennen Sie doch bestimmt. So was kommt in den besten Familien vor.«

»Ja! Das stimmt! Da haben Sie Recht!« Die Augen der einstmals so schrecklichen Berta strahlten vor Glück. »Auch ich hab so ein Kostüm, wissen Sie, bei mir zu Hause.«

»Ach wirklich?«, verbündete sich Felix mit ihr. »Dann kann ich doch auf Sie zählen. Dann helfen Sie uns, Schwester Berta. Oder darf ich Pippi zu Ihnen sagen?«

Die Schreckliche Berta schaute beschämt auf den Boden. Sie wollte schon nicken. Sie war bereit, alles für Marlon zu tun. Da streifte ihr Blick Felix' Ärmel. Der rollte sich ganz langsam auf. Er rutschte über Felix' Handgelenk weg und baumelte einen halben Meter im Leeren. »Das war's«, dachte ich und ich wette, Felix dachte dasselbe. Doch der Wirbelwind war einfach zu wild. Krumpelkrautkrapfenkrätziger Schlitzohrenpirat! Er setzte jetzt alles auf eine Karte.

»Also, was ist?«, säuselte er der Schrecklichen Berta ins Ohr. »Helfen Sie uns? Helfen Sie Marlon, der Nummer 10, der so gern so wär wie Sie. Ich meine wie Pippi? Oder muss ich Ihr Geheimnis dem Chefarzt verraten?«

Die Schreckliche Berta zuckte zusammen. Sie schüttelte erschrocken den Kopf und das nutzte Felix gnadenlos aus. Er schaute ganz streng. Er nahm die Brille von seiner Nase. Er behauchte die Gläser und putzte sie, als wär es die selbstverständlichste Sache der Welt, mit dem zu langen Kittelärmel seelenruhig blank.

»Sehen Sie, Berta, das hab ich gewusst«, lächelte er und gab seiner Stimme einen beschwörenden Klang. »Ich möchte doch auch nur, dass Sie mich begleiten. Bis zum Pförtner. Ich bitte Sie. Es ist schon sehr spät. Der *Bayern*-Doc wartet und es wäre sehr schade, wenn es zu einer weiteren Verzögerung käme.«

Die Schreckliche Berta kämpfte jetzt mit sich selbst. Sie schaute immer wieder zu Marlon in seinem Pippi-Langstrumpf-Kostüm. Ja, und dann passierte das Wunder. Sie fiel auf Felix' Trick rein.

Sie kam zu uns in den Lift und wir konnten drei Kreuze schlagen, dass das der Lastenaufzug war. Dann fuhr sie mit uns bis zur Pforte. Sieben Stockwerke lang stand sie vor mir im Lift und, Krumpelkrautrüben, sie schaute dabei nicht zur Decke oder auf ihre Füße, so wie es sich in einem Aufzug gehört. Nein, sie starrte mich an. Sie lächelte, als hätte man sie gerade heilig gesprochen und ich tat, was notwendig war. Ich lächelte ganz brav zurück. Verflixt, das musste ich tun. Denn in Maxis Gesicht waren die Augenbrauen verrutscht und Felix' Spitzbart baumelte längst an der Wange. Wir schwitzten alle vor Angst. Wir fühlten uns, als stünden wir mit unserer Maskerade im Regen. Dann hielt der Lift endlich an. Wir stiegen aus und die Schreckliche Berta lotste uns doch tatsächlich an unserem letzten Hindernis, dem Pförtner, vorbei.

Erst da flog Felix' Bluff auf. Schwester Berta wollte uns unbedingt zu einem Krankenwagen begleiten, doch den gab es natürlich nicht. Stattdessen wartete jemand anderes auf der Straße auf uns. Der Wilde Pulk schoss in diesem Moment um die Ecke. Er kreiste wie eine wilde Horde um die Schwester herum. Raban, Leon und Fabi sprangen aus den Kitteln heraus und auf ihre Räder. Felix stellte das Wikingersegel seines Strandseglerdreirads steil in den Wind, ich sprang in den Beiwagen von Julis Fahrradgespann und dann ging es los. Noch bevor die Obernachtschwester ihr Heiligenlächeln verlor, noch bevor sie sich wieder in die Schreckliche Berta verwandelte und Alarm schlagen konnte, rasten wir durch die Nacht und den Wald, an dessen anderem Ende das Haus des *Bayern*-Docs stand.

»Dampfender Honigkuchenpferdeapfel!«, jubelte Raban, der Held. »Felix, was bist du für ein Hund!«

»Ja, das kannst du laut sagen!«, lobte ich ihn. »Doch für die Pippi bring ich ihn um. Das wirst du mir büßen! Das ist dir doch klar?«

»Kacke verdammte!«, lachte mein Bruder. »Das hab ich gewusst. Aber bevor du das tust, Brüderchen, solltest du ihm eine Chance geben.«

»Genau«, grinste Fabi. »Frag Felix doch mal, was er anstellen musste, um an das Geheimnis der Schrecklichen Berta zu kommen.«

»Kreuzkümmelhuhn!«, amüsierte sich Juli. »Felix, das möchte ich hören.«

Doch Felix' Gesicht verdunkelte sich bei jedem Satz mehr. »Ich denk nicht daran!«, wehrte er sich.

»O doch, das musst du«, verlangte Vanessa. »Das schuldest du mir schon allein für den Kuss.«

»Ja, verflixt! Den hätte ich ja beinah vergessen«, legte ich noch eins drauf.

»Also, Felix, schieß los!«, forderte Maxi und strahlte vor Schadenfreude über das ganze Gesicht.

Felix knirschte vor Groll und Gram mit den Zähnen. Doch dann gab er nach. Es blieb ihm einfach nichts anderes übrig,

»Okay! Abgemacht. Wenn ihr es unbedingt wollt!«, grummelte er. »Aber danach sind wir quitt. Ist das klar? Danach will ich nichts mehr von Küssen oder Pippi Langstrümpfen hören!«

»Okay, abgemacht!«, grinsten wir alle und Felix holte tief Luft.

»Nun ... ja ... ähem ... also ...«, stammelte er. »Die Schreckliche Berta, wisst ihr, geht einmal im Monat zu einem Faschingsverein. Da treffen sich alle in ihrem Lieblingskostüm. Ja, und deshalb war das ganz einfach. Ich hab mich verkleidet und mich auf eines ihrer Treffen geschmuggelt. So habe ich alles über Pippi Langstrumpf erfahren.«

»Hey! Das ist cool!«, staunte Leon. »Aber das war doch noch nicht die ganze Geschichte. Felix, wir wollen mehr!«

»Ja, wir wollen alles!« ließ Fabi nicht locker. »Wir wollen wissen, was dein Kostüm war!«

»Nein! Das sage ich nicht!«, zierte sich Felix. »Ihr wisst schon genug.«

»Hey! Komm schon!«, forderte Vanessa ihn auf, doch Felix blieb stur.

»Nein. Das sage ich nicht!«

Da wusste ich plötzlich Bescheid.

»Hey, Felix!«, rief ich. »Kann es sein, dass du das zweite Kostüm nehmen musstest? Du weißt schon, das andere, das es außer dem Pippi-Langstrumpf-Fummel in unserer Größe noch gab?«

»Das sage ich nicht!«, wehrte sich Felix verzweifelt, doch im selben Moment lief er puterrot an.

Ich hielt mir schon vorsichtshalber den Bauch.

»Nein, das kann ich nicht glauben! Felix, ist das wirklich dein Ernst? Bist du wirklich als Biene Maja gegangen?!«

Dann lachten wir los. Wir lachten und lachten und wir hörten erst auf, als Felix auch zu lachen begann.

Leon hat sich verzählt

Vor dem Haus des *Bayern*-Doc waren wir wieder ganz ernst. Ich konnte mir einfach nicht vorstellen, dass er uns wirklich empfing. Hier gingen nur die großen Stars ein und aus. Giacomo Ribaldo zum Beispiel oder Oliver Kahn. Wir aber waren nur Kinder. Wir spielten noch nicht einmal in der *Bayern-E-Jugend*. Ja, und es war gerade mal sechs Uhr in der Früh. Zu dieser Zeit schlief jeder normale Mensch und wenn uns der *Bayern*-Doc überhaupt hörte, dann würde er uns mit einem Fußtritt dorthin zurückschicken, woher wir gekommen waren: ins Krankenhaus. Dafür legte ich meine beiden Beine ins Feuer.

Ja, aber Raban dachte da anders. Raban wurde immer da mutig, wo wir alle kniffen. Das hatte er uns schon mehrmals bewiesen und dafür schätzte ich ihn. Dafür war er für mich vielleicht sogar der wichtigste *Wilde Kerl*. Doch jetzt, glaubte ich, ging er verflixt noch mal ein paar Schritte zu weit.

Raban, der Held, stieg von seinem 12-Zoll-

Mountainbike mit dem Traktorhinterreifen, sprang über das Mäuerchen und marschierte quer durch den Vorgarten auf die Haustür des *Bayern*-Docs zu. Dabei störten ihn auch die Scheinwerfer nicht, die von Bewegungsmeldern alarmiert, an den Hauswänden aufflammten. Nein, ganz im Gegenteil: Raban nahm mit jedem Schritt an Masse und Wichtigkeit zu, und als er den Klingelknopf drückte, wirkte er wie die rotgelockte Kopie des

Ex-Bayer-Leverkusen-Managers. Verflixt! Und genauso wichtig und schwer ließ er den Klingelknopf erst dann wieder los, als sich die Tür endlich öffnete.

»Guten Morgen!«, begrüßte er den Mann im Morgenmantel. »Ich weiß, wie früh es ist. Aber wir haben einen Termin.«

Er schaute den *Bayern*-Doc erwartungsvoll an, doch der rührte sich nicht von der Stelle. Er fixierte den Jungen mit der Coca-Cola-Glas-Brille und dann nahm er einen nach dem anderen von uns ins Visier. Vanessa trug immer noch die Krankenschwesterhaube auf dem Kopf. Maxi strich sich durch sein grau gefärbtes Haar und Felix zupfte nervös an seinem Spitzbart herum, der ihm auf die Wange gerutscht war. Der *Bayern*-Doc runzelte die Stirn. Er runzelte die Stirn wie einer, dem man einen Bären aufbinden will. »Ihr und einen Termin! Dass ich nicht lache!«, dachte er sich. Ja, das musste er denken, denn jetzt sah er mich: den Jungen im Pippi-Langstrumpf-Kostüm. Ich rutschte immer tiefer in den Beiwagen von Julis Fahrradgespann. Jetzt gleich würden wir unseren Tritt bekommen. Jetzt gleich würden wir weggejagt werden. Ich sah mich schon wieder im Krankenhaus liegen. Da startete Raban einen zweiten Versuch.

»Entschuldigung. Aber wir sind die *Wilden Fuß-*

ballkerle!«, erklärte er dem Mann in der Tür. »Wir haben uns nur ein bisschen verkleidet.«

»Ach, was du nicht sagst!«, lachte der *Bayern*-Doc. »Und warum soll ich dir das bitte schön glauben?«

»Wie bitte?«, empörte sich Raban. »Ist das Ihr Ernst? Wir haben Marlon aus dem Krankenhaus rausgeholt und wir sind der Schrecklichen Berta entwischt. Verflixte Hühnerkacke! Soll ich Ihnen noch mehr erzählen?«

Er blitzte den *Bayern*-Doc an, doch der schüttelte lachend den Kopf.

»Nein, danke, das reicht!«, sagte er und trat aus der Tür. »Dann kommt mal alle herein!«

Ja, und dazu, das sage ich euch, musste er uns kein zweites Mal einladen. Wir rannten ins Haus und in seine Praxis hinein. Dort sprang ich sofort auf die Liege. Ich konnte es kaum noch erwarten, dass er mit seiner Untersuchung begann. Den anderen *Wilden Fußballkerlen* ging es genauso. Ihre Blicke hingen am Bildschirm des Ultraschallgeräts, als würde dort eine Fußball-Weltmeisterschaft übertragen.

»Jetzt wird alles wieder gut!«, flüsterte Raban, der Held, während der *Bayern*-Doc mein Knie untersuchte.

»Worauf du Gift nehmen kannst!«, grinste mein

Bruder und bekam im selben Moment einen Schreck.

»Hey, Marlon, was ist?«, fragte er. »Was ist mit dir los?«

Ich war kreidebleich. Ich zitterte. Ich hatte urplötzlich Angst. Mir fiel etwas ein, an das keiner von uns denken wollte.

»Hey, Marlon!«, rief Leon. »Jetzt sag doch was.«

Doch das war gar nicht so leicht. Ich schluckte und würgte und dann bekam ich es endlich heraus.

»Was ist, wenn der Chefarzt im Krankenhaus doch Recht gehabt hat?«, flüsterte ich und in diesem Moment war es still.

Das einzige Geräusch war das Gleiten und Glitschen der Ultraschallsonde über das Gel, das der *Bayern*-Doc auf mein Knie geschmiert hatte.

»Ach Quatsch!«, schimpfte Raban und versuchte sich von dem Schock zu erholen. »Das ist doch Unsinn. Deshalb sind wir nicht hier.«

»Genau!«, zischte mein Bruder. »Raban hat Recht!«

»Und woher willst du das wissen?«, fragte ich ihn.

»Weil ich mich verzählt habe, Klugscheißer!«, antwortete er und grinste mich an. »Erinnerst du dich? An dem Sonntag, an dem der Unfall passiert ist? Da hab ich dir doch gesagt, dass ich dich schon

89 Mal umgebracht hab. Aber das war 'ne Lüge. Ich war erst bei 60. Das heißt, du hast noch dreißig Mal gut.«

Ich rollte die Augen. Das konnte nicht wahr sein. Das war die verrückteste Theorie, die ich je gehört hatte. Doch Leon glaubte wirklich daran. Er ballte die Fäuste. Er presste die Fingernägel in seine Handballen hinein und starrte den *Bayern*-Doc an.

»Er hat noch dreißig Mal gut!«, flüsterte er. »Bitte sagen Sie das! Ich will nicht Schuld daran sein, dass es Marlon, die Nummer 10, nicht mehr gibt. Kacke verdammte! Er ist doch mein Bruder!«

Ja, und in dem Moment fiel es mir ein. Ich hatte selbst dran geglaubt. Kurz vor dem Unfall hatte ich an Leons Drohung gedacht und deshalb ließ auch ich den *Bayern*-Doc jetzt nicht mehr aus den Augen. Der sagte kein Wort. Er konzentrierte sich nur auf den Bildschirm. Dann schaltete er den Ultraschall aus, wischte das Gel von meinem Knie und schaute mich an.

»Es tut mir Leid«, sagte er. »Es tut mir Leid, was du durchgemacht hast. Aber der Chefarzt des Krankenhauses hat übertrieben. Ich meine, er ist übervorsichtig gewesen. Er wollte, dass deinem Knie nichts passiert und das ist nicht schlecht. Nur hat er dabei vergessen, dass das Knie zu einem

Jungen gehört. Einem Jungen, der zudem noch ein *Wilder Fußballkerl* ist.«

»Wie bitte? Was?«, stammelte ich.

»Dein Bruder hat Recht«, lächelte der *Bayern*-Doc jetzt. »Dein Knie wird diesen Kreuzbandanriss verkraften. Es wird ihn auf jeden Fall eher verkraften als du, wenn du fünf lange Jahre nicht mehr Fußball spielen darfst.«

Ich schnappte nach Luft.

»Kacke verdammte! Hast du das gehört!«, rief mein Bruder begeistert. »Habt ihr das alle gehört?«

»Ja, Sakra-Rhinozeros-Pups!«, freute sich Raban, der Held.

»Los! Worauf wartet ihr noch?« Ich sprang von der Liege. »Ich will endlich nach Haus!«

»Das ist gut!«, lachte der *Bayern*-Doc. »Und mach dir wegen dem Krankenhaus keine Sorgen. Deine Eltern und ich haben schon mit den Verantwortlichen dort gesprochen.«

»Heiliger Muckefuck!«, staunte Fabi. »Haben Sie etwa alles gewusst?«

»Nun, fast alles,«, grinste der *Bayern*-Doc. »Aber ich hab nicht gewusst, wie ihr die Schreckliche Berta ausgetrickst habt.«

Er lachte und sein Lachen steckte uns alle an. Ich fühlte mich gut und weil das so war, wollte ich es jetzt ganz genau wissen. »Aber warum sind Sie nicht einfach gekommen?«, fragte ich ihn. »Ich meine, ins Krankenhaus.«

»Meinst du das ernst?«, gab er die Frage zurück. »Glaubst du, das hätte irgendetwas gebracht?«

Der *Bayern*-Doc musterte mich.

»Marlon. Im Krankenhaus warst du ganz anders. Da haben dich die *Wilden Fußballkerle* nicht interessiert. Und deine Freunde wolltest du auch nicht mehr sehen. Hast du das schon vergessen?«

Ich schüttelte den Kopf.

»Siehst du. Und wenn man so drauf ist, dann nutzt einem ein gesundes Knie einen Dreck. Dann braucht man überhaupt kein Knie mehr, habe ich Recht?«

Ich dachte an Willi. »Du wärst jetzt gern tot?«, hatte der mich gefragt. »Aber das bist du nicht, Marlon. Das tut mir Leid. Du hast dich nur lebendig begraben.«

Der *Bayern*-Doc schaute mich an. Er wusste, an was ich jetzt dachte. Ja, ganz bestimmt wusste er das.

»Marlon, das hier ist erst der Anfang«, sagte er ernst. »Du warst ganz lange weg. Ganz lange und ganz weit. Irgendwo in einer Wüste aus Eis, in der man sich selbst nicht mehr kennt. Aber deine Freunde haben dich heute gefunden. Sie wollen, dass du wieder bei ihnen bist.«

Er lächelte jetzt, und sein Lächeln war warm.

»Nur, mehr können sie nicht für dich tun. Der Rest liegt an dir. Wenn du zurückkommen willst, Marlon, musst du hart an dir arbeiten. Fürchterlich hart, hast du das kapiert? Wenn du auf den Fußballplatz gehst, wirst du es merken. Du musst alles ganz von vorn lernen. Bist du dazu bereit?«

»Ja«, flüsterte ich, doch der *Bayern*-Doc runzelte zweifelnd die Stirn.

»Was hast du gesagt?«, fragte er. »Ich hab dich nicht richtig verstanden.«

»Ja!«, wiederholte ich laut. »Und ob ich das bin.«

Da nickte er endlich zufrieden.

»Gut«, lachte er. »Aber was hängst du dann hier noch rum? Los, ab nach Hause mit dir.«

»Ja, Hottentottenalptraumnacht!«, rief Raban, der Held. »Hauen wir ab!«

Wir rannten hinaus und sprangen auf unsere Räder. Ich hüpfte in den Beiwagen des Fahrradgespanns. Mein Knie fühlte sich fast wieder so an wie früher.

»Los, ab in die Betten mit euch!«, befahl der Junge mit der Coca-Cola-Glas-Brille. »Und heute Nachmittag ist jeder von euch wieder fit. Da findet ein Sondertraining im *Teufelstopf* statt.«

Der Wilde Pulk preschte los. Doch ich bat Juli

zu warten. Ich schaute zur Haustür zurück. Dort stand der *Bayern*-Doc.

»Danke!«, sagte ich.

Der *Bayern*-Doc nickte.

»Das hab ich gern getan«, lächelte er.

»Aber warum?«, fragte ich. »Sie kannten mich doch gar nicht. Sie hätten das doch nicht für jeden getan.«

»Das stimmt«, antwortete der Mann in der Tür. »Aber Rocce hat mich darum gebeten. Er wollte, dass ich seinem besten Freund helfe.«

Ich schluckte. Ich dachte an Rocce und an den Abend im Krankenhaus, an dem er mich darum gebeten hatte, dass ich ihm half. Doch ich hatte abgelehnt.

»Also dann, Marlon, ich wünsch dir viel Glück!«, rief der *Bayern*-Doc und ging in sein Haus.

Ich starrte auf die geschlossene Tür.

»Marlon! Was ist?«, holte mich Juli aus meinen Gedanken. »Fahren wir los?«

»Ja, wie du willst«, nickte ich und dann trat er auch schon in die Pedale.

Alles zu spät

An diesem Sonntag schlief ich zum ersten Mal aus. Ich wachte nicht um halb sieben auf. Ich musste nicht bis um Viertel nach acht warten. Ich wurde auch nicht von Leon mit seiner Lieblingsdrohung begrüßt. Das »Dafür bring ich dich um!« fiel an diesem Tag aus. Stattdessen brachte er mir das Frühstück ans Bett.

Mit »Hey, du Langschläfer!« trat er in mein Zimmer und knallte mir das Tablett auf den Bauch. »Es ist schon halb vier!«

Ich schaute ihn überrascht an.

»Ja, guck nicht so blöd«, grummelte er. »Wir müssen in einer Stunde im *Teufelstopf* sein. Nur deshalb mach ich das hier. Dieses Frühstück ist eine absolute Seltenheit. Das kommt nie wieder vor. Hast du kapiert?«

»Na klar!«, nickte ich. »Aber ich brauche noch Salz!«

Leon schnappte nach Luft.

»Ja, du hast richtig verstanden«, setzte ich noch

einen drauf. »Du hast das Salz vergessen und ohne das kann ich die Eier nicht essen. Das wär doch schade, findest du nicht?«

Leon ballte die Fäuste.

»Dafür«, zischte er. »Ja, dafür bring ich dich ...!«

Doch er traute sich nicht, den Satz zu Ende zu sprechen.

»Dafür tust du was, bitte?«, grinste ich frech. »Na, komm schon, Bruderherz. Sag mir, dass du mich magst.«

»Okay! Wie du willst!«, fauchte Leon. »Dafür bring ich dich um!«

Er blitzte mich an. Er meinte es wirklich absolut ernst, doch dann mussten wir beide lachen. Die ganze Last der letzten Wochen fiel von uns ab. Leon holte das Salz. Er setzte sich zu mir ans Bett und zum ersten Mal in unserem Leben frühstückten wir wirklich gemeinsam.

Danach gab es nur noch einen Gedanken: das Training im *Teufelstopf*. Ich sprang auf mein BMX-Mountainbike und fühlte mich so, als liefe ich zum ersten Mal im Frühsommer barfuß über die Wiese. Schon auf dem Weg zum Stadion trafen wir alle zusammen. Im Wilden Pulk preschten wir durch die Stadt. Selbst Deniz war wieder dabei. Er hatte von meiner Rückkehr gehört. Und dann war es endlich soweit. Nach endlosen Wochen öffnete sich die Zugbrücke wieder für mich und über sie jagte ich in den *Teufelstopf*, in den Hexenkessel aller Hexenkessel. In das Stadion der *Wilden Fußballkerle e.W.!*

Ich bremste mein Mountainbike wie ein Pony. Es stieg auf dem Hinterrad hoch. Wie in Zeitlupe schwebte ich in der Luft und dabei sog ich jede Einzelheit auf: Die Gesichter der *Wilden Kerle*. Die Baustrahler-Flutlichtanlage. Die vier Türme an den Ecken des Holzzauns. Den Kiosk, den Wohnwagen und natürlich auch Willi. Der beste

Trainer der Welt lachte mich an. Er vergaß sogar, seine Mütze in den Nacken zu schieben und irgendetwas zu grummeln. So sehr freute er sich, dass ich wieder da war. Ja, und so sehr freute ich mich.

Doch dann wurde es hart. Mehr als hart, sage ich euch. Der *Bayern*-Doc behielt nämlich Recht. Ja, ihr habt richtig gehört. Ich hatte verflixt noch mal alles verlernt. Selbst das Laufen ging nicht mehr wie früher. Meine Beine waren wie aus Gummi. Nach all den Wochen im Krankenhaus hatte ich überhaupt keine Kraft und der Ball war plötzlich ein Flummi. Das leichteste Zuspiel sprang mir beim Stoppen vom Schuh. Kein Pass fand sein Ziel. Jeder Ball, den ich von meinen Mannschaftskameraden bekam, ging sofort an den Gegner verloren, und von meiner Tarnkappenüberraschungstaktik oder meiner Satellitenspielübersicht war ich Millionen Lichtjahre entfernt. Ich stolperte wie ein Tölpel über den Rasen. Ich stand nur im Weg, ich krachte in meine Mitspieler rein und ich rannte selbst Markus, den Unbezwingbaren, über den Haufen. Ja, ich stieß ihn zusammen mit dem Leder, das er schon längst und ganz sicher im Arm hielt, ins Netz unseres eigenen Tores. Das hatte selbst Raban in seinen schlechtesten Zeiten nicht fertig gebracht. Und der hatte nicht einen, sondern zwei falsche Füße.

Trotzdem sagten die andern kein Wort. Selbst Leon drohte mir nicht, dass er mich umbringen würde. Sie ließen mich spielen. Sie ließen mir Zeit. Sie wussten, wie schwer der erste Tag für mich war. Doch ich las es in ihren Gesichtern. Vor allem in dem von Deniz, der Lokomotive, der schon fast aufgehört hatte, ein *Wilder Fußballkerl* zu sein: »So wie du jetzt spielst, bringst du uns nichts. So werden wir bei der Qualifikation für die Kinderfußball-Weltmeisterschaft scheitern. Und dann wird einer nach dem anderen gehen. Dann gibt es die *Wilden Kerle* nicht mehr.« Ja, und deshalb hockte ich mich nach dem Training enttäuscht und mutlos ins Gras. Ich fuhr nicht mit dem Wilden Pulk heim. Ich saß da und wünschte mich in mein Krankenhauszimmer zurück. Da kam Willi zu mir.

Er setzte sich neben mich und zupfte so lange Kleeblätter aus, bis er eins mit vier Blättern fand. Dann brach er das Schweigen.

»Du wusstest, dass es hart werden wird«, sagte er.

»Ja«, nickte ich. »Aber nicht so.«

»Was meinst du damit?«, fragte er und schaute mich an.

Ich schniefte und wischte mir die Tränen aus dem Gesicht.

»Es ist, ich meine...«, stammelte ich. »Ich hab gedacht, es geht nur um diese sechs Wochen, weißt du? Die Wochen, die ich im Krankenhaus war. Ich hab gedacht, ich bin außer Form. Ich muss nur meine Beine trainieren und ein bisschen Spielpraxis kriegen. Aber darum geht es gar nicht. Verflixt! Es geht um viel mehr.«

»Ach ja?«, horchte Willi jetzt auf. »Das klingt aber gut, finde ich.«

»Nein. Das tut es nicht!«, widersprach ich empört. »Ich hab meinen Glauben verloren. Meinen Glauben an mich und meine Intuition. Willi, ich trau mir überhaupt nichts mehr zu. Sobald ich den

Ball krieg, bekomme ich Angst. Ich weiß nämlich sofort, dass ich ihn wieder verlier. Und das war früher ganz anders. Da hab ich gar nicht erst nachgedacht. Da kam diese Musik. Die hab ich gehört und dann ging alles von selbst. So wie beim letzten Tor gegen *Solln*.«

»Aber das hat doch Rocce gemacht!«, sagte Willi und schaute mich herausfordernd an. »Hast du das etwa vergessen?«

»Nein, aber was hat das damit zu tun?«, fragte ich unwirsch.

»Nun«, zuckte Willi die Achseln. »Wenn ich mich richtig erinnere, war Rocce der Einzige, der dich damals verstanden hat.«

»Ja, aber Rocce war schuld an dem Unfall!«, widersprach ich.

»Ach ja? Bist du dir da absolut sicher?«, fuhr mir Willi über den Mund. »Hat dich wirklich überhaupt nichts gewarnt? Marlon, denk doch mal nach. Ich dachte, damals hattest du noch deine Intuition.«

Ich blitzte ihn an. Nein, ich wollte nicht an meinem Unglück schuld sein. Doch dann fiel mir der dunkle Ton wieder ein. Der Ton, den ich bei unserem Gokart-Rennen die ganze Zeit gehört hatte und den ich so lange ignorierte, bis ...

Ich senkte den Kopf und zupfte Kleeblätter aus.

»Siehst du. Was hab ich gesagt?« Willi lächelte jetzt. »Und wie fühlt sich das an? Ist es nicht irgendwie besser? Ich mein, wenn man immer nur den andern die Schuld gibt, dann macht man sich selber zum Opfer. Und wenn man ein Opfer ist, kann man nichts tun, habe ich Recht?«

Ich zupfte weiter Kleeblätter aus, aber ich nickte.

»Gut!«, sagte Willi und machte mir Mut. »Doch jetzt ist das anders. Jetzt hast du selbst die Verantwortung übernommen. Jetzt kannst du handeln.«

»Aber wie?«, wehrte ich mich. »Was soll ich denn tun?«

»Du sollst dir deine Intuition zurückholen!«, grinste Willi verschmitzt.

»Und wie?«, fragte ich.

»Nun, ich denke, am besten mit dem, der sie auch am besten versteht?«

»Mit Rocce?«, fragte ich und wollte es einfach nicht glauben.

»Ja«, sagte Willi. »Er ist doch dein Freund.«

Und als ob das ein Zauberwort war, fiel mir eine ganze Güterzugladung Geröll von der Brust. Ich schaute auf meine Hand. Auch ich hatte ein Kleeblatt mit vier Blättern gefunden.

»Ja, und ob er das ist!«, rief ich und sprang sofort auf. Ich sprang auf mein Fahrrad und raste nach

Haus. Sofort morgen, noch in der Schule, wenn Rocce aus der Türkei zurückgekehrt war, wollte ich sein Angebot annehmen. Ich wollte mit ihm zusammen seinen Vater trainieren. Doch ich freute mich leider zu früh. Nein, das stimmte nicht ganz. Ich freute mich viel zu spät, denn am nächsten Tag kam Rocce nicht mehr in die Schule.

Die schwarzen Panther kehren zurück

»Er ist in der Türkei! Er ist nicht mehr zurückgekommen. Er geht schon dort in die Schule. Er wird für immer dort leben, weil sein Vater ab jetzt in Istanbul spielt.«

Das Radiointerview fiel mir siedendheiß ein. Giacomo Ribaldo hatte es selber gesagt: »Ich habe sehr lange mit dem *FC Bayern* verhandelt.«

Jetzt war es zu spät. Rocce war weg. Ich konnte nicht mehr mit ihm zusammen trainieren. Ich gewann den Glauben an mich und meine ganz besondere Fähigkeit, meine Intuition, vielleicht nie mehr zurück.

Aber das war mir plötzlich egal. Gestern hatte sich etwas verändert. Seit gestern nahm ich mein Schicksal selbst in die Hand. Seit gestern war Rocce nicht mehr ganz allein schuld und weil das so war, wusste ich, was er alles für mich getan hatte. Krumpelkrautrüben! Und weil das so war, konnte ich das Ende des Unterrichts kaum noch erwarten.

Und weil das so war, fuhr ich danach auch nicht in den *Teufelstopf*. Nein, der musste warten. Ich fuhr zum Himmelstor und an dem dunklen, schmiedeeisernen Tor mit der Hausnummer 13 klingelte ich wie verrückt Sturm. Ich hoffte und betete, dass noch jemand da war, und dann ging das Tor doch tatsächlich noch auf.

Aufgeregt fuhr ich auf das Grundstück hinauf. Ich war fest davon überzeugt, ein Geisterhaus vorzufinden. Doch alles sah ganz normal aus. Der Wagen von Giacomo Ribaldo stand in der Einfahrt und davor wartete Rocce auf mich. Er kam mir sogar schon entgegen.

»Hey, Rocce. Ich glaub es nicht. Du bist ja noch da!«, rief ich und gab Gas.

Ich raste die Einfahrt hinauf, sprang aus dem Sattel und nahm meinen besten Freund ganz fest in den Arm.

»Du krumpelkrautrübenkrapfenkrätziger und gurkennasiger Schlitzohrenpirat! Ich glaube es nicht!«, freute ich mich. »Ihr geht ja gar nicht in die Türkei! Oh, Mann, sag, dass das wahr ist!«

»Nein! Das ist es nicht!«, wehrte sich Rocce und wich ein paar Schritte zurück. »Du bist zu spät gekommen, Marlon!«, warf er mir vor und zeigte zum Haus.

Dort erschien sein Vater mit einem anderen Mann.

»Siehst du, das ist ein Makler. Er soll einen Nachmieter suchen. Morgen kommen die Möbelwagen und noch heute wird mein Vater den Vertrag unterschreiben.«

Ich war sprachlos vor Schreck.

»Ja, Marlon. Du hast richtig gehört. Wir gehen in die Türkei.«

»Wann?«, flüsterte ich.

»In zwei Wochen!«, antwortete Rocce. »Sobald mein Vater sein Abschiedsspiel absolviert hat.«

»Nein, das meine ich nicht!«, konterte ich. »Wann unterschreibt dein Vater diesen Vertrag?«

»Jetzt gleich!«, zischte Rocce. »In ungefähr einer Stunde. Er trifft sich mit den Türken irgendwo in der Stadt.«

In diesem Moment stieg Ribaldo auch schon in sein Auto.

»Nein, das darf er nicht!«, rief ich und rannte los. »Ich muss mit ihm reden. Warten Sie, bitte, Herr Ribaldo, ich bitte Sie!«

Ich rannte direkt auf ihn zu. Ich winkte mit

beiden Armen. Ich stellte mich auf die Mitte der Einfahrt und ich versperrte Rocces Vater den Weg.

»Warten Sie, bitte! Halten Sie an!«

Doch Giacomo Ribaldo gab Gas. Er sah mich, doch er wollte nichts von mir wissen. Kurz vor mir scherte er aus. Er fuhr über den englischen Rasen, hinterließ ein paar hässliche Spuren und verschwand durch das Tor.

»Siehst du! Was hab ich gesagt?«, blitzte Rocce mich an. »Und weißt du was? Du solltest ihm am besten gleich folgen. Ich brauch dich nicht mehr!«

»Aber ich brauche dich!«, fuhr ich ihn an. »Und das mit dem Folgen war eine Superidee. Komm, wir fahren ihm sofort hinterher.«

»Ach ja? Und wie bitte schön willst du das machen? Sollen wir ihn auf unseren Rädern verfolgen?«

»Nein«, sagte ich schroff. »Dafür haben wir etwas viel Besseres. Komm, worauf wartest du noch?«

Ich rannte los. Ich rannte so schnell ich nur konnte. Ich rannte quer durch den Garten, der so groß war wie ein richtiger Park. Ich rannte und rannte und erst in der hintersten Ecke hielt ich atemlos an.

»Und jetzt? Was machst du jetzt?«, spottete Rocce in meinem Rücken. »Ich hab es dir doch gesagt: Mein Vater hat die Garage mit sieben Ketten verschlossen.«

»Verflixt!«, fluchte ich. »Dann brechen wir diese Dinger halt auf.« Ich sah mich fieberhaft um. Ich suchte nach einer Stange, fand sie irgendwo vor der Mauer im Gras und setzte sie wie ein Brecheisen an.

»Marlon«, warnte mich Rocce. »Wenn du das tust, wird mein Vater nie mit dir reden!«

»Ja, und?«, erwiderte ich. »Das tut er jetzt auch nicht! Und wenn er in Istanbul ist, ist mir das ziemlich schnurzpiepegal. Dann kann er so sauer und wütend sein, wie er nur will.« Ich zerrte und zog an der Stange herum, aber ich konnte die Ketten nicht brechen.

»Kacke verdampfender Teufelsdreck!«, lieh ich mir ein paar Schimpfwörter aus. »Jetzt steh doch nicht so blöd rum. Hilf mir gefälligst. Rocce! Was ist? Beim fliegenden Muckefuck!«

Ich starrte ihn an.

»Jetzt komm. Das ist unsere einzige Chance. Kreuzkümmelnde Alptraumnacht!«

Ich packte ihn und zog ihn kurzerhand zu mir her.

»Los! Fass hier an!«, befahl ich und endlich wachte Rocce aus seinem Selbstmitleid auf.

»Wir ziehen bei drei! Ist das klar! Bei drei und nicht erst danach!« Ich grinste ihn an und dann zogen und rissen wir und sprengten die erste der Ketten.

»Siehst du, was hab ich gesagt!«, triumphierte ich. »Wo ein Wille ist, ist auch ein Weg.«

Ich setzte die Stange an und nur ein paar Herzschläge später sprang die zweite Kette entzwei.

»Wo ein Wille ist, ist auch ein Weg!«, wiederholte Rocce und sprengte die dritte Kette mit mir. »Das erzählst du am besten der Polizei. Ich meine, wenn sie uns gleich erwischt. Und das wird sie mit Sicherheit tun.«

»Das wird sie nicht«, widersprach ich. »Eins. Zwei und drei!«

Wir zogen und zerrten.

»Das war die vier!«, zählte Rocce. »Und sie erwischen uns doch. Unsere Karts brüllen wie Panther. Eins. Zwei. Und drei«, zählte er.

»Das war die fünf!« Ich schaute ihn an. »Dann lass sie doch brüllen. Rocce, beim extratouristischen Jaguar! Wovor hast du Angst?«

Mein Freund blitzte mich an. So was fragte man keinen Brasilianer. Er konnte sich nur mit Mühe beherrschen.

»Marlon, sie werden uns beide erwischen, weil wir unsere Karts gar nicht fahren dürfen. Nicht auf der Straße, hast du das endlich kapiert?«

Ich zuckte mit den Achseln. »Ja. Da hast du Recht. Eins. Zwei und drei.«

Die sechste Kette zersprang.

»Aber weißt du, wir fahren doch gar nicht über die Straße.« Ich grinste ihn an. »Rocce, verdammich und zugenäht. Die einzige Straße, die von Grünwald in die Stadt führt, ist die Münchener Straße und die läuft quer durch den Wald. Wir fahren einfach neben ihr her. Und dann, wenn dein Vater abbiegen muss, nach rechts, in die Grünwalder Straße hinein, dann fangen wir ihn ganz lässig ab. Eins. Zwei und drei!«

»Das war die sieben!«, sagte Rocce, doch er freute sich nicht.

Er biss sich nervös auf die Lippen, und als ich das Rollgatter hochstieß, taumelte er sogar erschrocken zurück. Er starrte versteinert auf die beiden Gokarts. Die standen da wie am ersten Tag: nachtschwarz, magisch und stolz, wie zwei Panther kurz vor dem Sprung. Und vom Unfall sah man fast nichts, nur hier und da eine Schramme. Ich sprang sofort in mein Off-Road-Gokart hinein. Doch Rocce rührte sich nicht von der Stelle.

»Hey! Was ist mit dir los?«, rief ich. »Wir haben verflixt noch mal überhaupt keine Zeit.«

»Ich weiß«, nickte Rocce, »aber du hattest Recht.«

»Und womit bitte schön?«, fragte ich ihn genervt.

»Beim Santa Panther im Raubkatzenhimmel!«, kämpfte Rocce, der Brasilianer, jetzt mit sich selbst. »Ich hab Angst, Marlon, kapierst du das nicht?«

Ich schaute ihn an. Wir hatten keine Zeit zu verlieren. Der Vorsprung von Rocces Vater war jetzt schon zu groß. Trotzdem konnte ich Rocce nicht zwingen.

»Doch. Ich versteh dich«, antwortete ich und sah ihm dabei direkt in die Augen. »Rocce, ich versteh dich zu gut. Ich mach mir sogar vor Angst in die Hosen. Aber das hier ist die einzige Chance, die mir bleibt, um mich bei dir zu bedanken.«

Ich schaute Rocce immer noch an und für den Sekundenbruchteil eines Augenlidaufschlags sah ich ein Lächeln um seinen Mund.

»Ich bitte dich, Rocce. Nur wegen dir bin ich wieder gesund. Du hast den *Bayern*-Doc überredet und deshalb kann ich nicht zulassen, dass du einfach so gehst. Also bitte, beweg deinen Hintern. Setz dich in dein Kart und lass uns endlich losfahren.«

Ich grinste ihn an.

»Ich hätte dich sowieso noch mal zu einem Rennen gefordert. Oder glaubst du etwa, dass ich mit dieser Angst leben will?«

Da grinste auch Rocce. Er griff in die Hose. Er

holte sein Herz aus ihr raus und band es sich um den Hals. Dann sprang er ins Kart. Wir drückten die Starter. Die Panthermotoren brüllten wild auf und wir sausten los. Wir rasten quer durch den Park und durch das schmiedeeiserne Tor direkt in den Wald, um Rocces Vater zu jagen.

Alles auf eine Karte

Wir jagten über den Waldweg. Der war eben und glatt und nach kurzer Zeit hatten wir unsere Angst überwunden. Der Unfall war vergessen. Die Panther fühlten sich gut an und wir wurden schneller und schneller. Doch das reichte nicht aus. Der Vorsprung von Rocces Vater war viel zu groß, und als wir die Straße endlich durch die Bäume hindurch sehen konnten, fehlte von ihm jede Spur. Wir mussten noch schneller werden, doch der Weg machte jetzt einen Knick. Er entfernte sich von der Straße und führte zurück in den Wald. Das war ein Umweg und der kostete uns viel zu viel Zeit.

»Rocce!«, schrie ich. »Wir müssen runter vom Weg!«

Doch der Brasilianer, der vor mir fuhr, hörte mich nicht. Oder vielleicht hatte er Angst. Auf jeden Fall blieb er brav auf dem Weg. Da riss ich mein Lenkrad herum.

»Rocce!«, schrie ich noch mal. »Rocce! Komm mit!«

Ich sprang vom Weg und ratterte durch das Brennnesseldickicht hindurch. Die Räder meines Panthers schlugen auf dem Waldboden auf. Die Federbeine wurden von den Wurzeln gestaucht. Zwei mächtige Buchen schossen direkt auf mich zu. Ich griff in mein Lenkrad. Ich wich dem rechten Baum im letzten Augenblick aus und raste zwischen den Stämmen der beiden Buchen durch.

»Puh!«, stöhnte ich. »Das war verflixt noch mal knapp!« Doch dann gab ich Gas. Ich raste, hüpfte und sprang durch den Wald. Die Bäume bäumten sich über mir auf. Sie wurden zu riesigen, dunklen Schatten. Ihre Äste und Wurzeln griffen nach mir. Baumstümpfe versperrten mir heimtückisch und hinterlistig den Weg. Es war wie ein Alptraum, in dem ich aufgewacht war. Meine Hände verkrampften am Lenkrad. Ich lauschte in mich hinein und sehnte mich nach der Musik. Nach meiner Intuition. Doch die besaß ich nicht mehr. Die hatte ich irgendwo in den letzten Wochen verloren. Da sah ich etwas aus den Augenwinkeln heraus. Etwas Dunkles schoss auf mich zu. Ich bekam Angst. Würde jetzt schon wieder etwas passieren? Musste ich wieder ins Krankenhaus?

Da schloss Rocce neben mir auf.

»Wow! Ist das wild!«, lachte er. »Und guck doch, da vorn. Ja, da auf der Straße, da fährt mein Vater. Marlon! Wir haben ihn eingeholt!«

Ich schaute nach vorn. Ich spähte durch das Dickicht der Bäume hindurch. Ja, und dann sah ich sie auch. Die Limousine rollte vor uns über die Straße. Sie war höchstens noch hundert Meter von uns entfernt. Rocces Lachen steckte mich an. Ich verlor meine Angst und Seite an Seite rasten wir durch den Wald. Wir holten immer mehr auf und hatten Rocces Vater fast schon erreicht, als die Kreuzung auftauchte. Von hier führte die Grünwalder Straße direkt in die Stadt und hier war der Wald auch zu Ende. Ab hier konnten wir Rocces Vater nicht mehr verfolgen und die Ampel an der Kreuzung sprang auch noch auf Grün. Die Limousine rollte jetzt über die Kreuzung. Sie bog nach rechts ab. Da gaben wir Gas. Wir holten alles aus den Panthern heraus. Wir sprangen aus dem Wald und landeten auf der Straße, schossen rechts und links an der Limousine vorbei, stiegen in die Bremsen, wirbelten unsere Gokarts herum und brachten sie Seite an Seite vor dem Wagen von Rocces Vater zum Stand.

Der bremste überrascht ab. Er musterte uns und dann verdunkelte sich sein Gesicht. Er schaute uns an wie damals bei unserer ersten Begegnung, als er Rocce zur Schule gebracht und ihm verboten hatte, bei den *Wilden Fußballkerlen* zu spielen. Doch damals hatten wir ihn überzeugt und deshalb hatte ich jetzt keine Angst. Ich wartete nur darauf, dass er aus seinem Wagen stieg und dann kletterte auch ich aus dem Kart.

Wie zwei Revolverhelden standen wir uns jetzt gegenüber.

»Hallo, Marlon!«, begrüßte er mich. »Du bist also wieder gesund.«

Ich schüttelte den Kopf. »Nein. Es ist nur mein Bein. Mein Bein und mein Knie. Die sind wieder gesund.«

»Ich verstehe«, nickte Ribaldo. »Aber trotzdem: Das gibt dir kein Recht, so zu handeln. Das gibt dir kein Recht, mein Verbot zu missachten, die Karts aus der Garage zu holen und mich zu verfolgen.«

Seine Stimme wurde immer dunkler und drohender und ich musste all meinen Mut aufbringen, um ihr Paroli zu bieten.

»Da haben Sie Recht«, schluckte ich. »Das durfte ich nicht. Aber ich hatte keine andere Wahl. Ich musste alles versuchen, damit Rocce hier bleiben kann.«

Jetzt huschte ein kaltes Lächeln über Ribaldos Gesicht. Es war so kalt wie die Eiswüste, in der ich so lange gewesen war.

»Und was hat das gebracht?«, fragte er mich. »Glaubst du wirklich, dass ich wegen zweier kleiner

Jungs meine Pläne über den Haufen werfe? Marlon, hier geht es um Geld. Um das Geld, das ich in den letzten paar Jahren, die mir als Fußballer noch bleiben, verdienen kann. Hier geht es um meine Karriere und um die Zeit danach. Hier geht es um mein Leben, Marlon.«

»Und es geht auch um meins!«, fiel ich ihm ins Wort.

»Wie bitte?«, fauchte Ribaldo und seine Augen schossen Eiszapfen auf mich ab. »Willst du das wirklich vergleichen?«

»Nein«, trotzte ich. »Das kann ich nicht. Sie sind ein Fußballgott und ich bin nur ein einfacher Junge. Das haben Sie gerade gesagt.«

Das eisige Lachen von Rocces Vater traf mich wie ein Schlag ins Gesicht. Ich ballte die Fäuste.

»Aber trotzdem haben wir etwas gemeinsam.«

»Ach ja? Darauf bin ich aber gespannt«, erwiderte Ribaldo spöttisch.

Der Frosch in meinem Hals wurde zu einer riesigen Kröte, doch ich spuckte sie aus. Ich nahm mein Herz in die Hand.

»Wir beide kneifen«, sagte ich und damit gab es keinen Weg mehr zurück. Ich setzte alles auf eine Karte: »Wir laufen davon. Wir verstecken uns vor uns selbst.«

»Einen Moment! Ich glaube, du gehst ein bisschen zu weit!«, drohte Ribaldo, doch ich ignorierte die Warnung.

»Können Sie sich an das Radiointerview erinnern?«, fragte ich ihn. »Ich werde es nie mehr vergessen. Ich konnte es nicht ertragen. Ich hab es ausgeschaltet.«

»Ach, wirklich?«, spottete Ribaldo. »Das hätt ich auch gern gemacht.«

»Und dann bin ich weggelaufen.« Ich tat so, als hätte ich seinen Einwand gar nicht gehört. »Ich hab mich in einer Wüste versteckt. In einer Wüste aus Eis. In der war es kalt. So kalt, dass ich mich selbst nicht mehr gespürt hab. Und dann habe ich alles verloren.«

»Was du nicht sagst!«, verhöhnte mich Rocces Vater. »Was ist denn dieses ›Alles‹, was du schon besitzt?«

»Mich«, erwiderte ich und schaute ihn an. »Mich und meine Intuition.«

Jetzt zuckte Ribaldo zusammen. Man merkte es kaum. Doch ich sah es in seinen Augen. Sie schossen keine Eiszapfen mehr ab. Sie waren für einen Sekundenbruchteil ganz warm.

»Ich weiß nicht«, zögerte ich. Ich musste jetzt vorsichtig sein. »Aber glauben Sie wirklich, dass Sie Ihre Intuition wiederfinden, wenn Sie in die Türkei gehen?«

Rocces Vater räusperte sich.

»Was willst du von mir?«, fragte er.

»Ich will gar nichts«, antwortete ich. »Ich wünsche mir nur was von Ihnen. Aber das ist ganz wichtig für mich. Ich wünsche mir, dass Sie Ihren Vertrag erst in zwei Wochen unterschreiben. Und ich wünsche mir, dass Sie solange mit uns trainieren. Jeden Abend nur eine Stunde im *Teufelstopf*. Dann, wenn Ihr Training bei den *Bayern* vorbei ist.«

»Und dann?«, fragte er mich.

»Dann werden wir sehen.« Ich schaute ihn erwartungsvoll an.

Rocce stieg aus seinem Kart. Er hielt es vor Spannung nicht aus. »Bitte, Papa!«, sagte er nur. »Ich wünsch mir das auch.«

Da griff der große Ribaldo zum Handy. Kopfschüttelnd wählte er eine Nummer. Er glaubte selbst nicht, was er da tat.

»Ribaldo hier!«, sprach er in den Hörer. »Es tut mir wirklich sehr Leid. Aber ich muss unser Treffen um vierzehn Tage verschieben.«

Nintendo-Fußball

An diesem Abend rannten Rocce und ich durch die Stadt. Wir warfen Kiesel gegen die Fenster unserer Freunde. Fünf Mal plockten die Steine an die Scheiben und nur zwanzig Minuten später trafen wir uns alle auf Camelot. Wir alle und Willi, denn der war der wichtigste Teil unseres Plans. Der wichtigste und schwierigste, denn Willi, der beste Trainer der Welt, wurde plötzlich nervös.

»Nein! Das kann ich nicht!«, rief er und sprang auf. »Das könnt ihr doch nicht von mir verlangen!«

Er riss sich den Hut vom Kopf und walzte und knetete ihn mit den Händen.

»Das geht nicht! Versteht ihr das nicht? Da könnte doch jeder kommen und in der Bundesliga trainieren. Verfluchte und quergeeierte Streifenhacke! Die *Bayern* haben den besten Trainer der Welt.«

»Na und?«, grinste ich. »Was stört dich das, Willi? Der wird ihn doch weiter trainieren.«

»Ja, aber, Rocce, verflixt!«, stammelte Willi und

hüpfte auf der Stelle herum. »Be-begreifst du das nicht? Dein Vater, ja der, der, der ist ein Superstar, Rocce. Der lacht mich doch aus!«

»Bist du da sicher?«, fragte Rocce verblüfft und schenkte mir ein heimliches Grinsen. »Aber dann müsste mein Vater doch auch den *Bayern*-Trainer auslachen, Willi, denn der hat bisher versagt.«

»Versagt?«, raufte sich Willi die Haare. »Du bist ja verrückt. Die *Bayern* sind einsame Spitze. Sie sterben vor Einsamkeit. So spitze sind die.«

»Aber mein Vater sitzt momentan auf der Bank«, antwortete Rocce und wurde plötzlich ganz ernst. »Ich mein, wenn er Glück hat. Meistens nehmen sie ihn gar nicht mehr mit.«

»Ja, aber ... Ich meine ... Ich weiß nicht ... Das ändert doch nichts!« Willi raufte sich vor Verzweiflung die Haare. »Ich kann das nicht, Jungs!«

»Das reicht! Schluss jetzt!«, rief Raban und sprang wütend auf. »Basta! Finito! Willi, du stehst unter Vertrag! Das heißt schwarz auf weiß: Dir bleibt gar nichts anderes übrig. Hast du das kapiert?«

»Nein, das habe ich nicht!«, wehrte sich Willi. »Ich hab nur geschworen, dass ich die *Wilden Fußballkerle* trainiere.«

»Aber darum geht es doch. Hottentottenalptraumnacht, Willi! Wenn du Giacomo Ribaldo nicht wieder hinkriegst, verduftet der in die Türkei. Rocce geht mit und Marlon muss für immer auf seine Intuition verzichten. Wir vergeigen die Qualifikation zur Weltmeisterschaft, Deniz kommt nicht mehr zum Training und zum Endspiel um die Meisterschaft erscheint vielleicht überhaupt keiner mehr.«

Raban holte tief Luft. Er plusterte sich wie ein Maikäfer auf, erreichte seine vierfache Größe und sah dem Ex-Manager von *Bayer Leverkusen* damit so ähnlich wie niemals zuvor: »Sakra-Rhinozeros-Pups und pechschwefliges Rübenkraut. Und jetzt frage ich dich, Willi! Wen willst du dann noch trainieren?«

Raban glühte vor Zorn. Er stampfte Willi mit seinem Blick in den Boden und der gab seinen Widerstand jetzt ganz langsam auf.

»Verfluchte Hacke!«, strich er sich über das Haar. »Raban, das war ganz schön ehrlich und hart. Dreifachgeölter Eulendings! Oder was sagst du immer dazu? Aber wenn du Recht hast, hast du halt Recht. Und warum solltet ihr mich nicht genauso hart anfassen dürfen, wie ich das mit euch manchmal mache.«

Willi kratzte sich am Kopf. Er wischte seine Hände an den Hosenbeinen ab und tanzte nervös auf der Stelle.

»Puh!«, seufzte er. »Das wird ein hartes Stück Arbeit. Und wir brauchen eine ganze Menge Zeugs dafür. Wir brauchen alle möglichen Besen, Schrubber, Wischmopps und Spaten. Ihr wisst schon, alles, was einen langen Stil hat. Wir brauchen Seile und Gummibänder. Ihr müsst eure Fußballfotos mitbringen, die kleinen, mein ich, die ihr sammelt, und Wasserbomben brauchen wir auch. Ja, eine ganze Menge sogar. Ein paar hundert vielleicht. Oder tausend. Schafft ihr das? Kriegt ihr das hin?«

»Und ob wir das schaffen!«, beteuerte Raban sofort, auch wenn er überhaupt nichts begriff. Aber so müssen Manager halt manchmal sein. Sie müssen Entscheidungen treffen, wenn niemand etwas kapiert. Sonst geht gar nichts voran. Der Rest von uns war nämlich absolut sprachlos. Wir verstanden kein Wort. Wir schauten bestimmt noch dümmer als Autos. Das wissen wir jetzt, denn genauso guckte auch Rocces Vater, als er am Abend des nächsten Tages in den *Teufelstopf* kam.

Misstrauisch fiel sein Blick auf die drei Dutzend Besen, Schrubber, Wischmopps und Spaten. Die steckten mit dem Stil nach unten in einer langen und sehr krummen Reihe quer über dem Platz. Dann entdeckte Ribaldo die Kiste mit den anderen Sachen. Nacheinander holte er die Gummibänder, Fußballsammelfotos und die noch ungefüllten

Wasserbomben aus ihr heraus und untersuchte und begutachtete sie, als handelte es sich um Dinge aus einer anderen Welt.

»Ist das Ihr Ernst?«, fragte er Willi und einen Moment lang fürchteten wir, dass unser Trainer ins Wanken geriet. »Der lacht mich doch aus!«, schoss mir sein Satz von gestern durch den Kopf. Doch da hatten wir Willi verflixt noch mal unterschätzt. Wenn der sich zu etwas entschied, dann zog er das konsequent durch.

»Was ist mein Ernst?«, gab er die Frage deshalb ganz trocken an Rocces Vater zurück.

»Ja, das!«, motzte der große Ribaldo und deutete mit den Wasserbomben und Gummibändern auf den Besenstil-Schrubber-Parcours.

»Ach, das?«, grinste Willi und stellte sich dumm. »Ich dachte, Sie kennen so was. Immerhin sind Sie doch der Profi.«

Das saß. Rocces Vater riss sich nur mit Mühe zusammen.

»Hören Sie«, sagte er. »Ich meine es ernst!«

»Ja, und das ist Ihr Fehler!«, konterte Willi und hielt Giacomo Ribaldos Blick mühelos Stand. »Fußball sollte Spaß machen, finden Sie nicht? Ein gutes Spiel kommt hier heraus, hier aus dem Bauch!«, grinste er und piekste Ribaldo mit dem Zeigefinger frech in den Bauch. »Spüren Sie das?«

»Beim Santa Panther und Jaguar!«, erschrak Rocce, der neben mir stand. »Gleich wird er gehen!«

Und tatsächlich: Das Gesicht seines Vaters verfinsterte sich jetzt noch mehr, ich meine, falls das überhaupt möglich war. Doch Willi ließ das absolut kalt.

»Schade!«, sagte der nur. »Es ist wirklich so schlimm, wie ich dachte.«

Damit ließ er ihn stehen. Ja, verflixt! Ihr habt richtig gehört. Nicht Ribaldo ließ Willi, sondern Willi ließ Ribaldo stehen. Er ging einfach weg. Der brasilianische Fußballprofi schien ihn nicht mehr zu interessieren, und das hatte der bestimmt noch niemals erlebt.

»Hey! Einen Moment! Was ist so schlimm?«, rief Ribaldo ihm nach.

»Dass Sie viel zu ernst und zu stolz sind!«, antwortete Willi und lief demonstrativ weiter. »So kann ich Ihnen nicht helfen. So kann Ihnen keiner helfen.«

»Wie bitte? Was?«, stammelte der Brasilianer.

»Ja, genau!«, sagte Willi und setzte noch einen drauf. »Und deshalb gehen Sie besser. Hauen Sie ab! Verstecken Sie sich irgendwo in der Türkei.«

»Aber das will ich doch gar nicht!«, rief Rocces Vater und erschrak im selben Atemzug über sich selbst.

Willi fuhr augenblicklich herum.

»Sagen Sie das bitte noch mal!«, forderte er.

»Nein. Das kann ich nicht!«, schüttelte Ribaldo den Kopf.

»Dann kann ich Ihnen das aber nicht glauben!«, wich Willi um keinen Zentimeter zurück.

Giacomo Ribaldo kämpfte jetzt mit sich selbst. Er sah zu mir und zu Rocce.

»Bitte!«, flüsterte der. »Papa. Ich bitte dich!«

Da gab sich Ribaldo geschlagen: »Ja, ich will gar nicht weg!«, sagte er leise und im selben Moment nahm ihn sein Sohn auch schon in den Arm.

»Santa Panther und Jaguar!«, freute sich Rocce und sein Vater lachte mit ihm.

»Sie hatten Recht!«, lachte er und schaute zu Willi. »Ich war viel zu stolz und zu ernst!«

»Gut«, nickte der beste Trainer der Welt. »Das ist sehr gut. Denn jetzt kann ich Ihnen auch helfen.«

Er wandte sich an uns alle.

»Denn jetzt wird Nintendo-Fußball gespielt!«

»Krumpelkrautrüben- und krapfenkrätziger Schlitzohrenpirat!«, rief ich und dann rannten wir los. Willi hatte uns schon alles gestern erklärt und jetzt erklärten wir es Ribaldo.

»Also, die Besen und Schrubber sind die Parkuhr!«, begann Joschka, die siebte Kavallerie, und fing sich von seinem Bruder sofort eine Kopfnuss ein.

»Das heißt Parcours, du Dumpfbackenbruder!«, verbesserte ihn Juli »Huckleberry« Fort Knox. »Und durch den laufen wir durch!«

»Ja, das sag ich doch!«, schimpfte Joschka. »Und zwar zuerst mit ›ohne Ball‹ und dann mit! Haben Sie das verstanden?«

Juli rollte die Augen. Er wollte seinem Bruder gerade die zweite Kopfnuss verpassen, da eilte Ribaldo Joschka zu Hilfe.

»Nein, lass ihn!«, lachte er. »Bitte. Ich habe alles verstanden.«

»Das ist gut!«, sagte Felix und war wie immer todernst. »Denn jetzt wird es haarig.«

»Ja! Dampfender Teufelsdreck!«, raunte Markus, der Unbezwingbare. »Felix hat Recht. Jetzt kommen die Level. Die Hindernisse und Schwierigkeitsstufen. Die haben Sie da in der Kiste gesehen.«

Rocces Vater schaute verwundert zu den Gummibändern und Sammelbildern und runzelte seine Stirn.

»Das ist wie beim Gameboy!«, erklärte Vanessa. »Durch diese Level müssen Sie durch.«

»Die werden schwerer und schwerer!«, warnte Jojo. »Und wenn Sie das schaffen, wartet eine Belohnung auf Sie.«

»Genau!«, rief Joschka begeistert.« Da wartet die große Iniziatution!«

»Intuition heißt das!«, zischte sein Bruder und gab Joschka wieder eine Kopfnuss dafür. »Was immer das heißen mag!«

»Siehst du! Genau das hab ich gemeint!«, grinste die siebte Kavallerie. »Aber vielleicht findest du das ja heraus!«

»Na warte!«, rief Juli und stürzte sich auf ihn. »Das bekommst du zurück!«

Doch Joschka war schneller. Er rannte in den Parcours und ohne, dass die beiden es wollten, eröffneten sie damit das Training.

Zuerst liefen wir einzeln durch die Slalombesen, Slalomschrubber und Slalomspaten hindurch. Dann jagten wir uns wie Juli und Joschka jeweils zu zweit. Und als wir das konnten, wiederholten wir dasselbe mit Ball. Wir führten ihn mit rechts, mit links und mit beiden Füßen durch den Parcours und wir lachten uns tot, als Willi uns aufforderte, das ganze rückwärts zu machen. Selbst Ribaldo dotzte jetzt auf den Po und je mehr er darüber lachte, umso mehr begriff er, worum es hier ging.

Dann war das erste Training zu Ende. Ihr wisst doch, eine Stunde pro Tag hatte ich mit Ribaldo abgemacht, doch in den nächsten Tagen erhöhte Willi ständig die Level.

Er band Gummibänder und Seile von den Besen zu den Schrubbern. Zuerst eins, dann zwei und dann immer mehr. Diese spannten sich quer durch die Slalomtore hindurch. In unterschiedlicher Höhe, versteht sich, und deshalb duckten wir uns unter manchen hindurch und über andere sprangen wir drüber. Das wiederholten wir dann mit Ball. So wie am ersten Tag. Mit links, mit rechts, mit beiden Füßen und dann rückwärts. Ja, und wie am ersten Tag lachten und feixten wir über uns und hatten dabei unseren Spaß.

Dann verstreute Willi die Fußballbilder kreuz und quer im Parcours und jeder, der ihn durchlief musste sie aufsammeln. Zuerst alle, dann nur die von einem Verein und dann nur einzelne Spieler. Hier kamen die ersten von uns nicht mehr mit und nach drei vermurksten Versuchen schieden sie aus. Raban erwischte es und natürlich auch Joschka, dann Jojo, Felix und Deniz, weil er trotz Brille nicht hochgucken wollte. So wurden es von Tag zu Tag mehr, aber trotzdem war das Training für sie nicht zu Ende. Nein, ganz im Gegenteil. Die, die ausgeschieden waren, sorgten ab jetzt für den größten Spaß, den wir in den letzten zehn Tagen hatten. Sie bekamen die Wasserbomben. Ganze Schüsseln und Wannen mit Wasser gefüllter Ballons stellte Willi vor sie hin und mit denen bewarfen sie die trainierenden Spieler im Besen- und

Schrubber-Parcours. Drei Treffer in einem Durchgang bedeuteten den Verlust eines Lebens und bei drei verlorenen Leben wartete auch bei dieser Übung das Aus. Ja, und am Ende, am letzten Tag, waren nur noch zwei Spieler übrig.

Giacomo Ribaldo und ich machten uns zur großen Prüfung bereit und die erklärte uns Willi. Er nahm zwei Halstücher aus der Kiste und trat vor uns hin.

»So. Ich verbinde euch jetzt die Augen!«, erklärte er. »Und dann macht ihr einfach dasselbe noch mal. Ihr lauft durch das letzte, das schwierigste Level hindurch. Und wenn ihr das schaffen wollt, könnt ihr das nur, wenn ihr euch vertraut. Wenn ihr auf euch hören könnt. Und wenn ihr euch hört, wenn euch etwas sagt, dass ihr das Richtige tut, obwohl ihr nichts seht, dann ist das eure ...«

»... Iniziatution!«, fiel ihm Joschka ins Wort und brachte uns trotz aller Angst vor dem Test noch zum Lachen.

Dann ging es los.

Giacomo Ribaldo versuchte es als Erster. Er war fest von sich überzeugt, doch im zweiten Tor verheddertc er sich mit den Füßen im Gummiband und wurde unter einer Salve von Wasserbomben begraben.

Mir ging es da etwas besser. Ich kam durch die

ersten vier Tore hindurch. Doch auch wenn ich die Besen, Schrubber und Mobs intuitiv erspürte, kamen die Wasserbomben eiskalt aus dem Nichts.

Noch lachten wir über uns selbst, doch nach dem zweiten Fehlversuch wurden wir plötzlich ganz ernst. Giacomo Ribaldo wurde sogar so ernst, dass er mich bat, vor ihm zu starten. Aber mir ging es deshalb nicht besser. Für mich hing jetzt alles am seidenen Faden. Und obwohl mich Willi jetzt ansah, obwohl er sich dabei sogar ganz demonstrativ über den Bauch strich, konnte ich mich nicht mehr an seine Worte erinnern.

»Fußball sollte Spaß machen, finden Sie nicht?« Das hatte Willi gesagt. Und: »Ein gutes Spiel kommt hier raus, hier aus dem Bauch!«

Aber mein Bauch war taub, genauso wie der von Ribaldo. Deshalb schaffte es keiner von uns und das war das Aus. Zum ersten Mal in den letzten zwei Wochen lachten wir nicht und jeder ging wortlos und alleine nach Haus.

Zwei Clowns im *Teufelstopf*

Zum Glück war es Abend. Da musste ich nicht mehr so lang darauf warten, dass ich ins Bett gehen konnte. Ich wollte nur schlafen. Hundert Jahre wollte ich das, so wie Dornröschen im Märchen. Ich wollte schlafen und schlafen und schlafen und ich hoffte, dass dann, wenn ich aufwachte, alles wieder gut sein würde. Doch leider war das ein Wunsch und es war keine Sternschnuppe da, die ihn mir erfüllte. In dem Moment, in dem ich mich in mein Bett gelegt hatte, hatte sich das in einen Marterpfahl verwandelt. Jetzt tanzten irgendwelche Wilden um mich herum und die hatten beschlossen, mich bei lebendigem Leib zu häuten. Ja, und diese Wilden waren meine Gedanken. Oder nein, diese Wilden waren all die Dinge, von denen ich wusste, dass sie jetzt tausendprozentig passierten:

Giacomo Ribaldo würde morgen sein letztes Spiel für die *Bayern* absolvieren. Er hatte seine Intuition für immer verloren und ohne sie konnte er die Probezeit, die ihm sein Trainer angeboten hatte, niemals bestehen. Deshalb ging er in die Türkei, um noch ein bisschen Geld und Karriere zu machen. Und Rocce ging mit!

Ja, Krumpelkrautrüben! Und auch ich hatte meine Intuition nicht mehr wiedergefunden. Sie lag immer noch irgendwo in der Eiswüste rum. Und ohne sie und ohne Rocce würden wir ein Spiel nach dem andern verlieren. Deniz und Jojo würden ihren Schwur brechen. Sie würden ihre Piratenschatzkarten-Spielerverträge verbrennen und am Ende erschien überhaupt kein *Wilder Fußballkerl* mehr. Ich saß dann allein im Baumhaus, auf Camelot II, und das stürzte wie im Kampf gegen Wilson »Gonzo« Gonzales, den blassen Vampir, und seine *Flammenmützen* ein zweites Mal ein.

Krapfenkrätze und Gurkennase! Und dann begann alles wieder von vorn. Die Wilden tanzten um mich herum. Sie wollten mich häuten. Rocce ging in die Türkei, Deniz verbrannte seinen Piratenschatzkarten-Spielervertrag und Camelot II stürzte ein.

Dann schlief ich ein. Ich fiel in einen tiefen, traumlosen Schlaf, so tief, dass ich die Kieselsteine beinah nicht hörte. Dreimal plockte es gegen das Fenster. Dreimal! Das bedeutete *Teufelstopf*, der Hexenkessel aller Hexenkessel, das Stadion der

Wilden Fußballkerle e. W. Ich sprang aus dem Bett. Ich stürzte aus meinem Zimmer, ich vergaß, meinen Bruder zu wecken und ich vergaß sogar, dass ich nur meinen Schlafanzug trug. So wie ich war raste ich auf meinem Fahrrad quer durch die Stadt und auf dem Sprinthügel vor dem *Teufelstopf* brüllte ich: »Rocce! Ich komme!«

Doch mein bester Freund war nicht da. Stattdessen stand ein Mann auf dem Platz und der trug, genau wie ich, einen Schlafanzug.

»Hallo, Marlon!«, begrüßte mich Giacomo Ribaldo und grinste mich an. »Ich hab gedacht, bevor wir nicht schlafen können, versuchen wir's einfach noch mal. Hier!« Er warf mir den Ball zu. »Du fängst dieses Mal an.«

»Wie bitte?«, stammelte ich. »Aber das geht nicht. Wir brauchen die andern. Sie müssen die Luftballons werfen. Ohne die Wasserbomben funktioniert der Test nicht.«

»Doch!«, antwortete Rocces Vater und zeigte auf den Parcours. Er hatte Wäscheleinen über die Slalombesen und die Slalomschrubber gespannt und an denen hingen die Wasserbomben an langen Schnüren wie Pendel.

»Siehst du, es ist alles da!«, sagte er.

»Und wenn wir es wieder nicht schaffen?«, fragte ich ihn und der Große Ribaldo schluckte.

»Ja dann«, antwortete er und machte eine verflixt lange Pause.

Ich hörte, wie Deniz' Piratenschatzkarten-Spielervertrag in Flammen aufging und ich saß wieder auf Camelot II. Da zuckte Rocces Vater die Achseln. »Was macht das für einen Unterschied?«, fragte er mich. »Ich denke, wir haben nichts zu verlieren.«

Dann lächelte er.

»Und ich hab auch kapiert, was wir falsch gemacht haben, Marlon. Wir waren einfach zu ernst. Deshalb hab ich das mitgebracht! Das könnte uns helfen.«

Rocces Vater zog eine Clownsglatze und eine Clownsnase aus der Tasche hervor und reichte mir beides. »Findest du nicht, dass das gut zu deinem Schlafanzug passt?«

Ich wich misstrauisch ein paar Schritte zurück.

»Ist das Ihr Ernst?«, fuhr ich ihn an.

»Nein«, schüttelte Ribaldo den Kopf. »Nein, ganz im Gegenteil, Marlon! Genau diesen Ernst will ich vernichten.«

Ich zögerte noch.

»Marlon! Denk an das Pippi-Langstrumpf-Kostüm! Das hat dir doch auch geholfen!«

»Ja, aber...«, stammelte ich. »Das war wegen der Schrecklichen Berta.«

»Ja, ja, ich weiß!«, ließ Ribaldo nicht locker. »Aber so eine Schreckliche Berta sitzt zur Zeit auch bei uns im Bauch. Verstehst du? Sie rennt in dir rum und erzählt dir jede Minute: »Die Intuition fällt heute aus. Es wird sie nie wieder geben!«

Ich zuckte erschrocken zusammen. So etwas hatte ich doch schon mal gefühlt und gedacht, doch Rocces Vater grinste mich an.

»Aber heute packen wir uns diese Berta und treiben sie aus uns heraus.«

Er griff in die Tasche, kramte eine zweite Clownsgarnitur heraus, setzte sie auf und watschelte wie ein Zirkusclown um mich herum.

»Wir packen sie, wir knebeln sie und wir ziehen ihr ihre Socken über die Ohren und knoten sie zu.«

Jetzt musste ich lachen. Verflixt noch mal, jetzt ging es mir gut! Ich hatte es endlich kapiert. Ich setzte meine Clownsmaske auf. Rocces Vater verband mir die Augen. Er setzte die Wasserbombenpendel an der Wäscheleine in Bewegung und dann ging es los.

Abwechselnd liefen wir durch den Parcours. Wir fühlten uns wie zwei Clowns, die Blindekuh spielen wollten. Wir lachten und watschelten über den Rasen. Wir schlugen Purzelbäume, wenn uns die dritte Wasserbombe ausknockte und wir hatten dabei einen Mordsspaß. Denn auch, wenn Ribaldo und ich die ersten beiden Male noch scheiterten, hörten wir doch diesen Ton. Den Klang, der uns die Sicherheit gab und das Wissen, was um uns herum und in den nächsten Sekunden passierte. Ja, und beim dritten Mal dann wurde der Klang zur Musik. Die Slalombesen und die Schrubber, die Wasserbomben und der Ball vor unseren Füßen, sie bekamen alle ihren eigenen Ton. Es war so, als würden wir sehen. Uns konnte nichts mehr passieren und deshalb liefen wir beide gleich dreimal hintereinander und fehlerfrei durch den Parcours. Wir liefen und liefen. Es war wie ein Traum, den man am hellichten Tag mit offenen Augen träumt und gleichzeitig wahr werden sieht, und wir wären bestimmt noch weiter gelaufen, hätte da nicht jemand geklatscht.

Wir hielten an. Wir nahmen die Tücher von unseren Augen, und als die Wasserbomben dann doch noch auf unsere Clownsnasen platschten, lachten wir mit den anderen mit. Denn um uns herum standen die *Wilden Fußballkerle* und Willi, und die hatten alles gesehen.

Traumspiel

Am nächsten Nachmittag fiel das Training im *Teufelstopf* aus. Der Wilde Pulk raste aus der Stadt und allen voran hüpfte und pupste und knatterte das Mofa von Willi. Doch das war auch das einzige Geräusch, das man im Grünwalder Forst hörte. Wir sprachen kein Wort. Wir fuhren nach Unterhaching. Dort fand das Freundschaftsspiel statt, das bis vor zwei Wochen noch Giacomo Ribaldos Abschiedsspiel werden sollte. Ja, und das konnte es immer noch werden. Krumpelkrautrüben! Heute ging es um alles. Wenn Giacomo Ribaldo heute genauso spielen würde, wie er gestern durch den Parcours getanzt war, dann würde er die Probezeit beim *FC Bayern* akzeptieren. Das hatte er mir versprochen. Dann blieb Rocce bei uns. Doch wenn er heute versagte, dann würde er gehen. Das hatte er genau so gesagt und dann ging auch Rocce. Verflixt! Und in dem Moment dachte ich an meine Mutter, wie sie im Krankenhaus an meinem Bett saß und wie sie mir prophezeite, sie würde aus den *Wilde-Fußballkerle*-Trikots Putzlappen nähen.

So liefen wir ins Stadion und so nahmen wir auf der Tribüne hinter der *Bayern*-Bank Platz. Rocce saß neben mir. Er schaute mich an.

»Meinst du, er schafft es?«, fragte er mich.

»Ich weiß nicht!«, antwortete ich und hoffte, dass Rocce nicht merkte, wie ernst sein Vater jetzt war.

Von der Clownsglatze und der Clownsnase von gestern war nichts mehr zu sehen. »Nein. Er schafft's nicht!«, schoss es mir durch den Kopf, da zwinkerte mir Ribaldo urplötzlich zu. Er grinste mich an und dann malte er sich mit einem Lippenstift blitzschnell einen roten Klecks ins Gesicht: direkt auf die Spitze der Nase.

»Nein! Er schafft's doch!«, schrie ich und sprang auf.

Ja, und dann ging das Spiel auch schon los. Die *Bayern* begannen im Sturm. Sie berannten den *Hachinger* Kasten. Sie flankten und passten den Ball in den Strafraum hinein und dort lauerte ein Ribaldo, der so heiß war wie die heißeste Feuerameise und so gefährlich wie ein Jaguar und ein Piranha zusammen. Er brannte lichterloh, so wie seit Monaten nicht mehr. Er lief durch die Gegner wie durch die Slalombesen hindurch und deren Abwehrversuche kamen wie die Wasserbomben immer zu spät.

Ein Copacabanasalsa- und Tangotrick folgte dem andern und als Giacomo Ribaldo Leons Saltomortalefallrückzieher, Fabis Hastalavistaturbodampfhammervolley und Felix' Torpedotiefflugkopfballtor noch übertraf, stand es zur Halbzeit drei zu null für die *Bayern*.

Doch nach der Pause lief Rocces Vater nicht auf den Platz. Er rannte zu seinem Trainer. Er bat ihn um etwas, er diskutierte mit ihm und als Felix Magath die Bitte ablehnte, wurde Ribaldo wütend und böse.

»Nur wegen ihm bin ich wieder so gut! Nur wegen ihm!« Das war alles, was ich verstand, und schließlich wollte Giacomo gehen. Er wollte schon in die Kabine zurück. Da kam ihm Michael Ballack zu Hilfe. Er war heute der Kapitän und in dieser Funktion sprach er jetzt mit dem Trainer. Er bat ihn und lachte und schließlich willigte Magath kopfschüttelnd ein. Kopfschüttelnd ging er zum *Hachinger* Trainer und der schaute sich kopfschüttelnd zu mir um. Ja, er schaute zu mir auf die Tribüne. Dann nickte er und Felix Magath rief mich zu sich.

»Giacomo hat mich darum gebeten, dass du mitspielen darfst«, erklärte er mir. »Er will sich bei dir bedanken.«

»Ich?«, stammelte ich. »Ich. Aber das geht nicht. Ich hab doch noch nicht mal ein Trikot.«

»Und ob du das hast!«, lachte Michael Ballack, zog sein Trikot aus und reichte es mir.

Ich konnte es einfach nicht glauben. Alle meine Freunde waren aufgesprungen und hingen am Zaun, der die Tribüne vom Spielfeld trennte. Selbst Willi kletterte jetzt am Gitter hoch.

»Verfluchte Hacke! Marlon! Worauf wartest du noch?«, rief er mir zu und da schlüpfte ich in das Hemd.

Ich rannte auf den Platz, doch dort merkte ich plötzlich, wie groß Michael Ballack und die anderen waren. Sein Trikot reichte mir bis zu den Waden und seine Rückennummer baumelte mir bis über dem Po. Ich schämte mich plötzlich, ich wollte runter vom Platz, doch da pfiff der Schiedsrichter das Spiel wieder an.

Die *Unterhachinger* hatten Anstoß. Der Rechtsaußen spielte den Ball zu seinem Mittelfeldregisseur und der passte ihn weit und hoch in die Spitze. Doch da, wo er die *Hachinger* Spitze vermutete, stand zufällig ich – und egal, wo mir die Rückennummer jetzt baumelte: Ich sah den Ball. Er flog direkt auf mich zu und mit dem nächsten Herzschlag flossen alle Geräusche der Welt zusammen. Sie wurden zu einem tiefen und kräftigen, immer lauter werdenden Ton. Meine Gedanken verschwanden. Ich trat einfach an. Drei kraftvolle, entschlossene Schritte. Ich flog dem Leder entgegen. Ich surfte auf dem Ton wie auf einer mächtigen Welle. Dann holte ich Schwung. Mit dem linken Bein schraubte ich mich hoch in die Luft. Mein Kopf schwebte wie ein Satellit über dem Feld. Ich sah jeden *Bayern*-Spieler, der auf dem Platz stand. Ich spürte jeden Zentimeter des Rasens und mit diesem Wissen zog ich jetzt ab. Mein rechtes Bein sauste nach vorn. Der Scherenschlag war perfekt und genauso satt und perfekt war das Geräusch, mit dem mein Spann auf den Ball traf.

»KAHH-DUMMMPFFFF!«, hallte es über das Feld und ließ jeden in der Bewegung erstarren.

»Ratz-fatz! Seht doch!«, raunte Joschka und klammerte sich an das Gitter des Zauns. »Er fliegt den Zauberbesenflugbogen!«

»Ja!«, lachte Raban, der Held. Dabei waren seine Coca-Cola-Glas-Brillengläser vor Nervosität so beschlagen, dass er höchstens zwanzig Zentimeter weit sah. »Beim Fußballderwisch von Ostokinawa! Genauso hat Marlon gegen *1906* das Siegestor geschossen.«

»Ja, und gegen *Solln* hat er mich so auf die Reise geschickt! Beim Santa Panther im Raubkatzenhimmel!«, rief Rocce. »Seht ihr, was mein Vater da macht!?«

Natürlich sahen sie das und ich sah es auch. Und Giacomo Ribaldo sah noch was anderes. Er sah, dass sich der Ball langsam drehte. Ich hatte ihn angeschnitten. Krumpelkrautrüben- und krapfenkrätziger Schlitzohrenpirat! Der Vater war wie der Sohn. Wir verstanden uns prächtig. Giacomo Ribaldo stieg hoch. Wie ein Senkrechtstarter schoss er in den Himmel hinauf und lupfte den Ball mit einem copacabanischen Besenschrank-Briefmarken-Fallrückzieher ins Spielfeld zurück.

Ja, und den Rest kennt ihr ja schon. Ich nahm die Tarnkappe ab, tauchte am Sechzehner auf, schoss den Ball gegen den Lauf des *Hachinger* Keepers und während die Musik in einem Geigen- und Fanfarencrescendo explodierte, beförderte Giacomo Ribaldo den Ball mit einem Breakdancer-Schuss satt und dumpf ins *Hachinger* Netz.

Danach war es still. Feierlich still. So still, dass die Zeit stehen blieb und sich niemand bewegte. Nur Rocces Vater und ich liefen Arm in Arm über den Platz und plötzlich wusste ich es: Jetzt kann die

Fußball-Weltmeisterschaft und die Meisterschaft kommen. Jetzt brauchen wir uns vor nichts mehr zu fürchten. Denn jetzt bleibt Rocce bei uns und ich bin zurückgekehrt. Ja, ich, Marlon, die Nummer 10, die Intuition. Ich habe die Eiswüste endlich verlassen. Ich bin wieder da: Ich bin im *Wilde-Kerle*-Land und das werde ich bestimmt nie mehr verlassen.

Die *Wilden Fußballkerle* stellen sich vor

Leon, der Slalomdribbler, Torjäger und Blitzpasstorvorbereiter

Mittelstürmer

Leon ist der Anführer der *Wilden Kerle*. Er schießt Tore wie einstmals Gerd Müller oder er bereitet sie in atemberaubenden Überraschungsblitzpässen vor. Spezialität: Fallrückzieher. Er hat vor nichts Angst und er will immer nur eins: gewinnen. Doch seine Loyalität zu den *Wilden Kerlen* und besonders zu Fabi, seinem besten Freund, ist noch stärker als sein Siegeswille.

Fabi, der schnellste Rechtsaußen der Welt

Rechtsaußen

Fabi ist Leons bester Freund. Zusammen sind sie die Goldenen Twins.

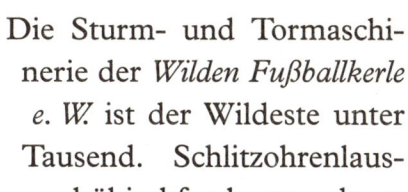

Die Sturm- und Tormaschinerie der *Wilden Fußballkerle e. W.* ist der Wildeste unter Tausend. Schlitzohrenlausbübischfrech mogelt er sich aus jeder Klemme heraus, weiß für jedes Problem eine Lösung und sein unwiderstehliches Lächeln schützt ihn dabei immer vor Strafen und Konsequenzen. Aber im Gegensatz zu Leon interessiert sich Fabi auch für andere Dinge. Er interessiert sich sogar schon für Mädchen und niemand weiß, wie lange er noch ein *Wilder Kerl* bleibt.

Marlon, die Nummer 10, die Intuition
Mittelfeldregisseur

Marlon, die Nummer 10, ist Leons ein Jahr älterer Bruder und für Leon ist er die Pest. Doch für die Mannschaft ist er das Herz, die Seele und die Intuition. Marlon spielt so unauffällig, als hätte er eine Tarnkappe auf, doch seine Übersicht ist so groß, als kreise sein Kopf wie ein Satellit über dem Feld. Ja, und auch außerhalb des Spielfeldes gibt es niemanden, der mehr Gespür für die Probleme seiner Freunde besitzt.

Raban, der Held
Ersatztorjäger

Raban spielt Fußball wie ein Blinder, der Fotograf werden will. Er besitzt noch nicht einmal einen falschen Fuß. Denn wer einen falschen Fuß haben will, der muss auch einen richtigen haben. Die besten Schüsse gelingen ihm in der Halle: über fünf Banden durch Zufall ins Tor. Trotzdem ist der Junge mit der Coca-Cola-Glas-Brille und den knallroten Locken, die so oft von seinen drei Cousinen, den drei rosa Monstern, mit Lockenwicklern verunstaltet werden, einer der wichtigsten Kerle des Teams. Seine Freundschaft und seine Loyalität sind unübertroffen.

Felix, der Wirbelwind
Linksaußen

Felix ist der perfekte Linksaußen. Er spielt seine Gegner schwindelig. Doch wenn Felix Asthma hat, dann ist er nichts. Das glaubt er zumindest, bis er im Spiel gegen die *Bayern* seine Angst und seine Krankheit besiegt, die *Wilden Fußballkerle* mit Trikots, Logo, Satzung und echten Spielerverträgen in eine richtige Mannschaft verwandelt und dadurch selbst die Achtung von Giacomo Ribaldo gewinnt, dem brasilianischen Fußballstar der *Bayern*.

Rocce, der Zauberer
Offensives Mittelfeld

Rocce ist absolut cool.

Er zaubert den Ball dorthin, wo er ihn haben will. Er ist der Sohn eines brasilianischen Fußballstars der *Bayern*, doch obwohl er fast schon genauso gut spielt wie sein Vater, will er selbst nur in einem einzigen Team kicken: bei den *Wilden Fußballkerlen e. W.* Rocce ist Marlons bester Freund und er ist so abergläubisch, dass es kracht. Er glaubt noch an Geister und Hexen.

Jojo, der mit der Sonne tanzt
Linksaußen

Jojo kommt aus dem Waisenhaus. Dort ist er, weil seine Mutter keine Arbeit hat und weil sie zu viel trinkt. Doch obwohl Jojo noch nicht einmal Fußballschuhe besitzt und selbst im Winter in geflickten Sandalen spielt, ist der Linksaußen für die *Wilden Kerle* ein Freund, auf den sie niemals verzichten würden.

Markus, der Unbezwingbare
Torwart

Markus ist das Gegenteil von Jojo. Er wohnt in einem riesigen Haus mit Diener und Geld. Doch obwohl er als Torwart ein Naturtalent ist, obwohl jeder, der gegen ihn trifft, für alle Zeiten im Guinnessbuch der Rekorde steht, schleicht sich Markus heimlich zum Training. Sein Vater hasst Fußball und will, dass er einmal ein Golfprofi wird.

Juli »Huckleberry« Fort Knox, die Viererkette in einer Person
Verteidigung, letzter Mann

Juli ist so gut in der Abwehr, dass seine Gegner glauben, dass er sich wirklich vervierfachen kann. Ansonsten lebt er geheimnisvoll wie Huckleberry Finn und hat das dreistöckige Baumhaus der *Wilden Kerle* gebaut. Camelot ist die Vereinszentrale und die vor Geheimwaffen strotzende *Wilde Kerle-*Burg.

Joschka, die siebte Kavallerie

Verteidigung, allerletzter Mann

Joschka ist Julis sechsjähriger Bruder. Er ist eigentlich viel zu klein für das Team. Doch zusammen mit Socke, dem Hund, ist er ganz oft der Joker, die siebte Kavallerie. Den Ball trifft er nur selten, dafür besonders dann, wenn er in der letzten Millisekunde auf der Linie rettet.

Vanessa, die Unerschrockene

Mittelfeld

Vanessa ist das wildeste Mädchen diesseits des Finsterwalds. Sie trägt selbst in der Schule Fußballklamotten, aber ihre Torschüsse sind besonders dann unhaltbar, wenn sie ihre rosaroten Pumps trägt.

Sie will die erste Frau in der Männernationalmannschaft sein. Nach ihrem Umzug von Hamburg nach München hat sie sich nicht nur ihren Platz bei den *Wilden Fußballkerlen* erkämpft, sondern ist auch zusammen mit Leon und Fabi zu ihren Anführern geworden. Ja, und aus diesem Grund muss, solange es die *Wilden Kerle* gibt, die Männernationalmannschaft noch auf sie warten.

Maxi »Tippkick« Maximilian, der Mann mit dem härtesten Schuss auf der Welt
Defensives Mittelfeld

Maxi redet nicht. Selbst in der Schule oder am Telefon sagt er kein Wort. Er ist ein Mann der Tat und er besitzt den härtesten Bumms auf der Welt: den Trippel-M.-S., den Mega-Mörser-Monster-Schuss.

Für Maxi ist Fußball alles, doch wenn es um seine Freunde geht, dann opfert Maxi nicht nur seine Freiheit, dann nimmt er nicht nur wochenlangen Hausarrest und absolutes Fußballverbot in Kauf, sondern dann bricht er sogar sein Schweigen.

Deniz, die Lokomotive
Stürmer, und zwar überall

Deniz ist der Türke im Team. Jeden Tag fährt er durch die ganze Stadt, um bei den *Wilden Fußballkerlen* zu spielen. Bei ihnen hat er gelernt, dass er eine Brille braucht, dass er nicht allein auf sich gestellt ist und dass Freunde viel wichtiger sind als der persönliche Triumph.

Willi, der beste Trainer der Welt
Trainer

Willi lebt im Wohnwagen hinter dem Bolzplatzkiosk. Er wollte selbst einmal Fußballprofi werden, doch dann hat ihm der Vater des Dicken Michi das Knie ruiniert.

Jetzt trainiert er die *Wilden Fußballkerle*.

Er ist der beste und außergewöhnlichste Trainer der Welt und deshalb hat er für die *Wilden Kerle* den Bolzplatz zum *Teufelstopf* umgebaut. Zum Hexenkessel der Hexenkessel, dem Stadion der *Wilden Fußballkerle e.W.* Und das mit einer waschechten Baustrahler-Flutlichtanlage, die man selbst ein- und ausschalten kann!

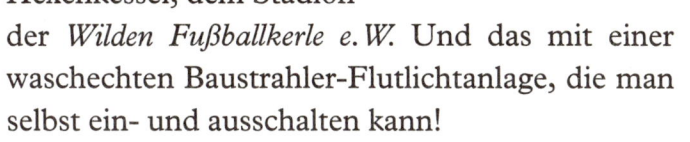

RRRAAAA
MARKUS
12
4
1
WILDE KERLE
WILDE KERLE
WILDE KERLE
BIECK 2002

Sei wild!

Maxi verliert plötzlich seinen härtesten Schuss auf der Welt.

Maxi „Tippkick" Maximilian
ISBN 3-8315-0345-1
€ 8,90(D)/€ 9,20(A)
sFr 16,50

Fabian wird von einem Talentscout entdeckt und erhält ein Angebot vom FC Bayern!

Fabi, der schnellste Rechtsaußen der Welt
ISBN 3-8315-0346-X
€ 8,90(D)/€ 9,20(A)
sFr 16,50

Ausgerechnet Joschka, der Kleinste, legt sich mit den gefährlichen Flammenmützen an.

Joschka, die siebte Kavallerie
ISBN 3-8315-0347-8
€ 8,90 (D)/€ 9,20(A)
sFr 16,50

Die Wilden Fußballkerle wollen zur Kinder-Fußballweltmeisterschaft. Doch da bricht sich Marlon das Bein …

Marlon, die Nummer 10
ISBN 3-8315-0348-6
€ 8,90 (D)/€ 9,20(A)
sFr 16,50

G u t e s   f ü r   K i n d e r

BAUMHAUS VERLAG

Mehr Fußballkerle-Bücher

Jojo wird adoptiert und muss sich entscheiden, wohin er gehört.

Jojo, der mit der Sonne tanzt
ISBN 3-8315-0502-0
€ 8,90(D)/€ 9,20(A)
sFr 16,50

Rocce fragt Annika, ob sie bei den Wilden Kerlen mitspielen will – und die Mannschaft steht vor einer Zerreißprobe.

Rocce, der Zauberer
ISBN 3-8315-503-9
€ 8,90(D)/€ 9,20(A)
sFr 16,50

Eine andere Fußballmannschaft behauptet, wilder und gefährlicher zu sein, als die echten Wilden Fußballkerle!

Markus, der Unbezwingbare
ISBN 3-8339-3013-6
€ 8,90 (D)/€ 9,20(A)
sFr 16,50

Der Dicke Michi hat die Herrschaft im Wilde-Kerle-Land übernommen und sich zum König erklärt.

Der Dicke Michi
ISBN 3-8339-3170-1
€ 8,90 (D)/€ 9,20(A)
sFr 16,50

w w w . b a u m h a u s - v e r l a g . d e

BAUMHAUS VERLAG

Wilde Fußballkerle –

Leon,
der Slalomdribbler
3 CDs
ISBN 3-8315-2066-6
2 MCs
ISBN 3-8315-2067-4

Felix,
der Wirbelwind
3 CDs
ISBN 3-8315-2068-2
2 MCs
ISBN 3-8315-2069-0

Vanessa,
die Unerschrockene
3 CDs
ISBN 3-8315-2070-4
2 MCs
ISBN 3-8315-2071-2

Juli,
die Viererkette
3 CDs
ISBN 3-8315-2072-0
2 MCs
ISBN 3-8315-2073-9

Deniz,
die Lokomotive
3 CDs
ISBN 3-8315-2074-7
2 MCs
ISBN 3-8315-2075-5

Raban,
der Held
3 CDs
ISBN 3-8315-2076-3
2 MCs
ISBN 3-8315-2077-1

Gutes für Kinder

BAUMHAUS
VERLAG

auch zum Hören!

Maxi,
„Tippkick" Maximilian
3 CDs
ISBN 3-8315-2102-6
2 MCs
ISBN 3-8315-2103-4

Fabi,
der schnellste
Rechtsaußen der Welt
3 CDs
ISBN 3-8315-2104-2
2 MCs
ISBN 3-8315-2105-0

Joschka,
die siebte Kavallerie
3 CDs
ISBN 3-8339-3316-X
2 MCs
ISBN 3-8339-3317-8

Alle CD-Boxen
€ 14,90(D)/€ 15,50(A)/sFr 28,20

Alle MC-Boxen
€ 9,90(D)/€ 10,30(A)/sFr 19,00

Marlon,
die Nummer 10
3 CDs
ISBN 3-8339-3318-6
2 MCs
ISBN 3-8339-3319-4

Jojo, der
mit der Sonne tanzt
3 CDs
ISBN 3-8339-3320-8
2 MCs
ISBN 3-8339-3321-6

Rocce,
der Zauberer
3 CDs
ISBN 3-8339-3322-4
2 MCs
ISBN 3-8339-3323-2

www.baumhaus-verlag.de

BAUMHAUS VERLAG

Wilde Kerle kicken im Kino

Postermappe mit Filmfotos aus dem Wilde Kerle 2-Film – zum Rausnehmen und an die Kinderzimmerwand pinnen.

**Wilde Kerle 2 –
Das Posterbuch**
ca. 15 Din-A3 Poster
ISBN 3-8339-3156-6
€ 7,90 (D)/€ 8,20 (A)
sFr 15,30

Das Hörspiel zum Kinofilm – mit Originaldialogen aus dem Film, erzählt von Joschka, der 7. Kavallerie und Raban, dem Helden.

**Die Wilden Kerle 2 –
Das Hörspiel zum Kinofilm**
Laufzeit ca. 70 Min.
1 CD, ISBN 3-8339-3482-4
€ 9,90 (D)/€ 10,30 (A)
sFr 19,00
1 MC, ISBN 3-8339-3483-2
€ 7,90 (D)/€ 8,20 (A)
sFr 15,30

Gutes für Kinder

BAUMHAUS VERLAG

Coole Songs und Geschenke

Der Original-Soundtrack zum Kinofilm. Mit Liedern der Bananafishbones!

Die Wilden Kerle 2 – Der Soundtrack
Laufzeit ca. 50 Min.
1 CD,
ISBN 3-8339-3484-0
€ 9,90 (D)/€ 10,30 (A)
sFr 19,00
1 MC,
ISBN 3-8339-3485-9
€ 7,90 (D)/€ 8,20 (A)
sFr 15,30

Fußall im Netz
Bestell-Nr. 5623
€ 19,90 (D)/
€ 20,60 (A)
sFr 36,70

Fußallkerle-Cap
Bestell-Nr. 5633
€ 14,90 (D)
€ 15,50 (A)
sFr 28,20

Masannek, Piratentasse
Bestell-Nr. 5622
€ 7,90 (D)
€ 8,20 (A)
sFr 15,30

w w w . b a u m h a u s - v e r l a g . d e